신조선전기 4권

초판1쇄 펴냄 | 2018년 12월 03일

지은이 | 다물
발행인 | 성열관

펴낸곳 | 어울림 출판사
출판등록 / 2009년 1월 23일 제313-2009-12호
주소 / 경기도 고양시 일산동구 장항동 731 동하넥서스빌딩 307호
TEL / 031-919-0122
FAX / 031-919-0127
E-mail / 5ullim@hanmail.net

Copyright ⓒ2018 다물
값 8,000원

ISBN 978-89-992-4850-4 (04810)
ISBN 978-89-992-4794-1 (SET)

4

나물 역사판타지 장편소설

신조선
新 전기

어울림

신조선책기

목차

필독

본 소설은 허구입니다. 실제적 역사나 사실과 다를 수 있습니다.

신조선기

순홍 안씨 집안의 이야기

창천이 검게 물들었다.

'天'과 '人'이라는 글자가 새겨진 무수한 깃발이 휘날렸
다.

하늘이 무너져 내렸고 분노의 함성이 크게 일어났다.

"사람이 곧 하늘이다!"

"민씨 집안의 부패를 끝내고 백성의 나라를 세우자!"

"와아아~!"

잃을것 없는 자들의 돌진이 시작되었다.

지킬 것이 있는 자들은 처음에는 그들을 두려워했다.

나중에 가서는 반드시 이겨야만 자신의 목숨과 식구의

안위를 지킬 수 있다고 생각했다.

오직 자신의 권력을 위해서 싸우는 것이 아니었다.

생존하기 위해, 살아남기 위해 함성을 지르며 덤벼드는 자들을 죽였다.

그리고 결국 백성들은 패배했다.

무수한 시신을 남기고 '동학(東學)'의 대의 또한 무너져 내렸다.

청년은 모든 것을 잃고 폐가에 몸을 숨겼다.

상처 입은 팔에 하얀 천을 칭칭 감고서 거칠게 숨 쉬었다.

문에 난 구멍을 통해 밖을 경계하다가 지쳐 잠들었다.

꿈에서라도 백성의 나라가 세워지길 바랐다.

총탄에 쓰러져간 전우들을 꿈에서 만났다.

그들은 조선을 지켜달라며 눈물을 흘렸다.

그리고 그 순간, 팔을 붙잡는 손길에 꿈에서 깨어났다.

닫혀 있어야 할 문이 열려 있었다.

의문의 그림자가 문을 통해 들어오는 햇빛을 가렸다.

순간 청년의 동공이 커졌고 등골에서 식은땀이 흘러내렸다.

"……?!"

그림자가 폐가에 몸을 숨겼던 청년에게 말했다.

"어린 나이에 팔봉 접주가 되는게 쉬운 일은 아니지. 뜻은 고상하지만 칼끝이 엉뚱한 곳으로 향했다. 네가 투항해서 바른 길로 가겠다는 의지를 보이면, 난 널 죽이지 않고 내 목숨과 가문을 걸고 지킬 것이다. 그래서 묻는다. 투항하겠느냐? 그렇게만 한다면 난 널 진정한 사내로 만들어주겠다."

"……."

"어찌 하겠느냐?"

동학도를 토벌한 창의군의 지휘관이었다.

성은 안씨요, 이름은 태훈이었다.

안태훈이 검을 검집에 넣고 그에게 투항을 권고했다.

그러자 이미 모든 것을 잃은 청년은 자신을 살려주고자 하는 안태훈의 약속을 믿기로 했다.

"항복하겠습니다."

그는 안태훈의 손을 잡고 몸을 일으켜 세웠다.

그리고 세상이 잠잠해질 때까지 그의 산채에서 잠시 머물기로 했다.

그곳에서 자신과 나이가 비슷한 안태훈의 자제를 만났다.

이목구비가 선명했고 눈동자의 이채가 예사롭지 않은 소년이었다.

그러나 한 여인의 남편이었기에 절대 소년으로 부를 수 없는 사내 중 사내였다.

안태훈이 자신의 자식을 청년에게 소개했다.

"내 장남인 중근이다. 인사하거라."

청년이 안태훈의 자식인 중근에게 인사했다.

"김창수라고 하오. 만나게 되어서 반갑소."

"안중근이오. 나보다 연배가 있으신 것으로 보이는데 형님으로 모시겠소. 만나게 되어서 반갑소."

운명이라면 운명이었다.

이후로 함께 산채에 지내면서 서로의 대의를 확인하고 서로 배울 점들을 찾았다.

땅을 가진 지주와 소작농의 입장을 서로 알게 됐다.

그러면서 알에서 병아리가 깨어나듯, 하나의 조선을 위해 무엇을 해야 할지 길을 찾기 시작했다.

그 순간부터 가슴에 새겼던 대의가 바뀌었다.

지난날의 추억이 꿈속에서 펼쳐졌다.

그만큼 조선에 있었던 시기가 그리웠다.

그의 몸을 덮고 있던 포단의 감촉이 느껴졌다.

귓가에서 희미한 음성이 환청처럼 울렸다.

"…이보게. 창수."

"……?"

"총원전투배치 명령이 떨어졌네. 속히 일어나서 군화를 신게."

"알겠네."

그는 좁은 침상에서 신속히 옆으로 다리를 뻗었다.

집에서 일어나듯이 몸을 일으키면 위층 침상 바닥에 머리를 부딪칠 수밖에 없었다.

옆쪽으로 빠져나온 그는 군화에 발을 넣고 신속히 끈을 맸다.

그리고 선실을 나와서 신속히 자신의 위치로 뛰어갔다.

곧 함포가 위치한 곳으로 향했고 함교에서 명령을 기다리며 대기했다.

파도가 거칠어지자 어지간한 군함크기의 훈련함이 흔들렸다.

생도 중 한 사람이 비틀거렸다.

"큭!"

"내 손을 잡게!"

손잡이를 잡은 생도가 옆으로 쓰러지려는 생도의 손을 잡았다.

그는 누구보다 일찍 기상하고 누구보다 늦게 취침하면서 솔선수범하는 생도였다.

언제나 다른 생도를 신경 쓰고 동기가 불편한 것이 있다면 먼저 나서서 배려하는 자였다.

지휘관을 맡기에 부족함이 없는 위인이었다.

그런 생도가 해군 장교를 꿈꾸는 김창수와 함께 하고 있었다.

그의 이름은 '강'이었다.

그의 도움으로 손잡이를 잡고 버틸 수 있게 된 생도가 고마워했다.

"감사합니다!"

그 말에 이강이 언성을 높였다.

"도대체 언제까지 내게 경어를 쓸 것인가? 나는 자네의 동기일세. 그러니 반말하게. 알겠는가?"

"아, 알겠네……!"

"좋아! 그렇게 해! 함께 임관 조선의 바다를 지키는 것일세!"

"그…그래!"

강은 왕족이었다.

그리고 의화군이라는 종친으로서의 칭호도 가지고 있었다.

그의 아비는 조선의 왕인 이희였다.

생도 중 어느 누구도 그를 상대로 편히 대할 수 없었다.

그러나 이강이 먼저 나서서 생도들에게 말을 놓을 것을 권했다.

그의 배려에 생도들이 하나둘씩 반말하면서 진정으로 이강을 동기로 생각하기 시작했다.

창수도 처음에는 그에게 경어를 썼지만 이제는 아니었다.

눈빛만 주고받아도 서로가 무엇을 말하는지 알 수 있는 사이가 됐다.

함교로 연결된 송화관에서 포각 제원이 떨어졌다.

함포 사격 절차가 차례대로 이뤄졌다.

—포각 제원 할당! 둘 포! 둘 포! 편각 87도 49분! 사각

16

19도 13분!

"편각 87도 49분! 사각 19도 13분!"

—포탄 삽입! 장약 3호!

"포탄 삽입! 장약 3호! 둘 포 사격 준비 끝!"

—쏴!

"쏴!"

쿵!

"약실 확인!"

포신이 뒤로 후퇴하면서 크게 진동이 일어났다.

포탄과 장약이 채워졌던 약실에 연기가 그득했다.

이강이 약실에 바람을 불자 연기가 포구 밖으로 밀려나면서 강선이 모습을 드러냈다.

그리고 연달아 재장전 절차와 사격이 이뤄졌다.

송화관에서 다시 사격 명령이 떨어졌다.

—쏴!

"쏴!"

선체 밖에서 포성이 크게 일어났다.

천둥소리와 함께 포구 밖으로 포탄이 튀어나가 바다를 두들겼다.

물기둥이 크게 치솟았다.

함교 측편 견시에 선 견시수가 물기둥의 거리와 방향을 재고 함교에 보고했다.

이원회와 함께 허윤이 보고를 듣고 있었다.

허윤이 이원회에게 정확한 사격이 이뤄졌음을 알렸다.

그의 목소리가 상당히 고무적이었다.

"총원전투배치가 불시에 이뤄진 것치고는 사격이 상당히 정확합니다. 장교들과 생도들의 실력이 많이 향상됐습니다."

"허교관 덕택이오. 교관들의 실력이 받쳐주지 못하면 불가능한 일이오. 내가 애쓴 것은 거의 없소. 천군이야 말로 조선의 수호자들이오."

이원회가 겸손을 드러내며 허윤과 천군이라 불리는 교관들에게 공을 돌렸다.

그의 말에 허윤이 고개를 숙이면서 겸양의 자세를 보였다.

그리고 한달 후에 타게 될 새로운 군함에 대해서 알려줬다.

"한달 후에 우리 군이 인수할 군함들의 항해가 가능해집니다. 그때 다시 새롭게 훈련을 해야 합니다. 하지만 걱정하지 마십시오. 배가 커진 만큼 더 많은 인원을 승함시켜야 하지만 운용은 훨씬 더 편해집니다. 지금처럼 일일이 포각을 돌리지 않아도 됩니다."

허윤의 이야기를 듣고 이원회가 고개를 끄덕였다.

배수량 15000톤이 넘는 전함을 타고 대해의 물살을 헤치는 것을 기대했다.

그때가 오기를 학수고대했다.

이제 만족할만한 사격 훈련을 마무리하고 샌디에이고로 회항하려 했다.

"장교와 생도들에게 수고했다는 말을 전하라. 이제 회항한다."

"예! 제독!"

훈련함 함장인 이범윤이 이원회의 명령에 대답했다.

그리고 송화관을 통해 장교들과 생도들에게 수고했다는 말을 전하고 샌디에이고로 돌아간다고 말했다.

생도들은 자신들의 사격 실력이 이원회를 크게 만족시켰다고 생각했다.

그렇지 않으면 포탄이 떨어질 때까지 몇 번이나 더 쐈을 거라고 생각했다.

그들은 긴장을 풀고 서로를 격려했다.

"수고했네. 창수."

"수고했네, 강이. 그리고 순성이, 자네도 정말 수고했네."

함께 어깨를 두드리고 포탑에서 빠져나왔다.

선실로 향해 휴식을 취했고 식사 시간이 되었을 때 좁은 식당에서 함께 밥을 먹었다.

돌아가서 훈련함이 정비되는 동안 이틀을 땅 위에서 쉬었다. 그리고 허윤과 미군에게서 배운 공놀이로 심신을 단련했다.

'풋볼'이라는 것을 배워서 '팀'이라는 무리로 나뉘어서 경기했다.

단결이 되지 않고서는 절대 서로를 이길 수 없었다.

이강과 창수가 상대팀이 되는 김천, 이범윤 등과 어깨를 맞대고 서로 몸을 밀었다.

그러다가 아래로 떨어지는 공을 낚아챘다.

오른편에서 빠른 발소리가 들렸다.

"신순성!"

"잡앗!"

이강이 타원형 형태의 공을 잡아서 신순성에게 던졌다.

순성은 공을 품에 안고 멀리 보이는 경기선 끝을 향해서 전력 질주했다.

주위의 생도와 장교들이 신순성을 붙들려고 안간힘을 썼다.

그때 이강이 장교의 허리를 팔로 감았다.

"어딜 가십니까!"

"크윽!"

"신순성! 우리가 막을게! 빨리 뛰어!"

몸싸움이 일어나면서 바닥을 뒹굴었다.

끝내 순성이 공을 잡고 끝까지 달려서 바닥에 찍었다.

득점이 이뤄지면서 같은 편이 환호했다.

"득점이다!"

"이겼다!"

나이가 가장 어린 생도였다.

그는 그 경기에서 가장 큰 공적을 세웠다.

창수와 이강이 달려와서 동기들과 함께 순성의 머리를 쓰다듬고 두드렸다.

경기에서 이긴 결과로 이긴 팀은 특식인 아이스크림을 먹었다.

패한 팀은 나름대로 고기를 구워 먹으면서 만족했다.

하루하루가 뜻 있고 보람된 날들이었다.

열심을 훈련을 받고 먹는 걱정 없이, 휴식할 땐 충분히 휴식하면서 사람다운 삶을 살았다.

창수는 불과 5년 전, 자신이 생사의 경계선에 서 있던 것이 맞는지 의심될 지경이었다.

펜이라 불리는 필기구를 들고 편지지에 안부를 묻고 알리는 서신을 썼다.

2부의 서신을 써서 창수가 이범윤에게 넘겨줬다.

서신을 받은 이범윤이 물었다.

"하나는 부모님께 썼을 테고, 다른 한 부는 지인인가?"

"예. 은인입니다."

"그렇군. 연락선을 통해서 서신이 보내질 것이니 답신은 기대하지 말게. 아마 답신을 받는 것보다 우리가 먼저 조선으로 돌아갈 테니 말야. 그렇게 알고 있게."

"예. 함장님."

졸업이 머지않았다.

조만간 진수와 무장 탑재를 모두 이루는 신형 군함에 승함할 것이다.

그리고 새 군함에서 실질적인 전함 운용을 익히고 임관할 예정이었다.

그런 내용이 담긴 서신이 미국 우정국을 통해서 조선에 보내졌다.

자식의 서신을 받은 창수의 어미와 아비가 눈물지었다.

그리고 은인인 안태훈에게도 창수의 안부 편지가 전해졌다.

관아에서 일하는 집배원이 안태훈에게 서신을 건네줬다.

영어가 쓰인 서신을 받은 안태훈이 의아했다.

봉투를 열고 안의 내용을 보자 누가 썼는지 알 수 있었다.

그는 미소를 띠며 편지를 읽기 시작했다.

"서신에 아버지를 기쁘게 할 내용이 가득한가봅니다. 어떤 분이 보내셨는지, 소자. 알 수 있겠는지요?"

안중근이 물었고 안태훈이 대답했다.

"김창수다. 5년 전에 청계동 산채에서 너와 함께 지냈던 아이 말이다. 미리견으로 가서 해군 훈련을 잘 받고 있다구나. 내년 여름에 조선에 돌아온다고 한다."

"소자도 창수 형님처럼 넓은 세상을 보고 싶습니다."

"그래. 아비도 이 나이에 조선 너머의 나라가 궁금하구나. 하지만 사내는 뜻이 있어야 한다. 아비가 우리 식구와 가문을 위하기로 한 만큼 그 뜻에 맞게 살 것이다. 너 또한 네 뜻을 세워 살 거라. 창수처럼 말이다. 나라와 백성에 헌신할 수 있어야 한다."

"예. 아버지."

창수를 본으로 세워 안태훈이 자식인 중근에게 말했다.

중근은 고개를 끄덕이면서 조선과 백성들을 위한 큰 인생을 살 것이라고 다짐했다.

여섯살 때부터 글공부를 했고 열다섯살 때부터는 총을 들고 사냥을 하며 포수들과 어울렸다.

그 뒤로 출세를 위한 글공부는 하지 않고 오직 마음의 기준만 바로 세운 채 신체를 단련하면서 사람들을 이끌 수 있는 실력을 길렀다.

동학도가 반란을 일으켰을 때 창의군을 지휘하며 대승을 거둘 수 있었던 것도 그 때문이었다.

자신이 가진 능력을 나라를 위해서 어떻게 사용할지 생각했다. 그리고 결론은 하나였다.

"소자. 조선의 장군이 되겠습니다."

육군사관학교 입교 시험이 열린다는 사실이 전국 관아 방문과 신문을 통해서 전해졌다.

해주부 관아에도 방문이 걸렸다.

중근도 방문의 내용을 읽고 날짜에 맞춰서 입교 시험에 응시했다.

100보 거리 과녁을 맞힐 수 있는 사격장에서 중근이 조총을 능숙하게 장전하고 과녁을 조준했다.

숨을 멈추고 방아쇠에 검지를 걸었을 때 순간적으로 조준점 끝의 과녁이 사람으로 바뀌어 보였다.

5년 전에 있었던 전장의 풍경이 펼쳐졌다.

그때 맡았던 피비린내가 아직도 기억에 선명했다.

"아버지. 어째서 동학도를 토벌해야 됩니까?"

"그야, 전하와 왕실을 지키기 위해서가 아니냐?"

"저들은 전하가 아니라 부패한 탐관오리들을 처벌코자 합니다. 탐관오리와 전하와 왕실이 무슨 상관이겠습니까? 저는 저들의 마음이 이해가 됩니다."

아비에게 묻고 진정한 대의를 들었다.

"저들이 원하는 것은 평등이다. 부호들의 것을 빼앗아 자신들이 여태 부족하다 여긴 것들을 채우는 것이다. 그러나 그 부호가 어찌 전부 악하다고 할 수 있겠느냐. 탐관오리도 있겠지만 정당한 방법으로 재산을 모으고 권력을 취한 자들도 있다. 그런 사람들 중에 빈민을 구제하는 솔선수범을 보이는 사람도 있다. 그러나 동학도는 그 모든 것들을 깨부수고 평등이 이뤄지기를 바란다. 그것은 정의가 아니다. 오직 혼돈 가득한 이상일 뿐, 사람의 욕심과 노력, 성취를 무시하는 일이다. 그들이 진정 바라야 하는 것은 공정과 배려다. 알겠느냐?"

"예. 아버지."

"사람의 본질을 벗어난 이상만큼 세상을 혼란에 빠트리는 일도 없을 게다."

중근은 검지에 걸린 방아쇠를 당겼다.
그러자 과녁 좌측에서 흙이 튀었다.
첫발은 총의 조준점을 확인하기 위한 무효 탄이었다.
두번째 발부터가 진짜였다.
다시 총탄을 장전하고 과녁을 조준했다.
아비와 나누었던 이야기가 계속 귓가에서 맴돌았다.

"…하오면, 반군을 진압하고 질서를 세우는데 어째서 외세의 힘을 빌려야 합니까? 반군이지만 우리 백성입니다. 동학도를 외세 무리가 토벌하고 있습니다. 그들이 우리 백성을 해할 순 없습니다."
"조선이 힘이 없기 때문이다.'
"……."
"그러니 넌 조선을 위해 더욱 정진하며 힘 쓰거라. 그리고 백성을 지키거라. 그것이 앞으로 네가 가져야 할 사명이다. 이것은 너뿐 아니라 이 나라 만민 모두가 가져야 할 대의다."

탕!
"오오!"

함께 시험을 보던 응시자들이 탄성을 터트렸다.

과녁의 정중앙 뒤에서 흙이 튀었고 먼지가 솟구쳐 올라 바람에 사라졌다.

다시 조총을 장전하고 과녁을 조준했다.

검지를 당겼고 똑같이 과녁 뒤에서 먼지가 솟았다.

시험 기록관이 중근을 크게 칭찬했다.

"백발백중이군! 남은 시험도 잘 치르기 바란다!"

"예! 영감!"

기록관의 격려에 중근의 어깨가 들썩였다.

응시자들의 주목을 받으면서 안중근은 체력 시험과 필기 시험을 거뜬히 해내고 홀가분하게 집으로 돌아갔다.

그리고 안태훈으로부터 수고했다는 격려를 받았다.

열흘 뒤, 관아 게시판에 육군사관학교 입교 시험 합격자 명단이 걸렸다.

그 앞으로 응시자들이 모여 자신들의 이름이 있는지 확인했다.

그리고 한숨과 환호가 함께 일어났다.

중근도 그들 사이에 있는 한 사람이었다.

그는 명단에서 자신의 이름을 보고 크게 기뻐했다.

'합격했다! 육군사관학교에 입교할 수 있어! 관군의 장교가 될 수 있다!'

즉시 집으로 돌아가서 자신이 합격한 사실을 안태훈에게 알리려고 했다.

집으로 돌아가서 대문을 열었을 때였다.

문 안의 공기와 밖이 다르다는 것을 느꼈다.

사랑채로 향할 때 부인이 와서 중근의 팔을 붙들었다.

그녀의 이름은 김아려였다.

"여보."

"무슨 일이오? 집에 누가 왔소?"

"관아에서 관리분들이 오셨어요."

"관리분들이?"

"해주제철소를 짓는데 아버님의 땅이 필요한가 봐요. 안에서 말씀을 나누고 계세요."

"……."

사랑채에서 안태훈과 관리의 목소리가 조곤조곤 들렸다.

중근은 마당에서 김아려와 함께 아버지가 나오기를 기다렸다. 그리고 안채에서 부엌으로 향하는 어머니를 보고 허리를 굽혀 인사했다.

시험 결과에 대해서 이야기할 수 있는 상황이 아니었다.

잠시 후, 사랑 안에서 옷자락이 스치는 소리가 들렸다.

이어 안태훈과 관리들이 자리에서 일어나는 듯했다.

곧 문이 열렸다.

디딤돌 위에서 관리들이 신을 신었다.

관리들은 안태훈에게 허리를 굽히며 인사했다.

"좋은 답변 기다리겠습니다. 그럼……."

그리 나쁜 이야기는 아닌 것 같았다.

관리들에게 안태훈 또한 고개를 숙이면서 인사했다.

중근 곁으로 관리들이 지나갔고 서로 목례하며 인사를 한 뒤 거리를 벌렸다.

중근의 동생이자 태훈의 차남인 정근이 대문 밖까지 관리들을 배웅했다.

중근은 사랑채에 다가섰다.

안태훈은 중근에게 안으로 들어오라고 말했고 관리들과 나눈 이야기에 대해서 알려줬다.

나라와 백성들을 위한 중대한 일이었다.

"땅을 팔라 하더구나. 정확히는 해주제철소를 짓는데 우리 가문의 땅이 필요하다구나. 그래서 생각 중이다."

중근이 태훈에게 물었다.

"이미 해주제철소를 짓고 있지 않습니까? 다음 달에 완공된다고 들었습니다. 그런데도 우리 가문의 농토가 필요합니까?"

"그래."

"설마 확장을 위해서입니까?"

"그래. 조정 입장에서는 지금 미리 땅을 사야, 나중에 제철소를 확장할 때 고생이 덜하니까. 그런 생각으로 내게 미리 땅을 팔지 않겠냐고 권유했다. 이 문제에 대해서는 생각을 해보아야겠지. 그나저나 시험 결과는 어찌 되었느냐? 입교 시험엔 급제했느냐?"

"예. 아버지. 합격했습니다."

"장하구나! 참으로 장해. 네가 아비의 큰 자랑이다. 참으로 수고했다."

"감사합니다. 아버지."

이야기 끝에 중근이 시험에 합격한 사실을 알았다.

태훈이 중근을 칭찬하고 자랑스러워했다.

중근도 아버지에게 기쁨을 드렸다는 사실에 보람을 느꼈다.

그리고 한양으로 가야 하는 사실을 알렸다.

"한양에 육군사관학교가 있습니다. 그래서 소자, 내년부터 집을 떠나 한양에서 지내야 합니다. 장남으로서 아버지를 모시지 못해 참으로 죄송합니다. 불효자를 용서해 주십시오. 아버지……."

"……."

그런 중근의 이야기를 듣고 안태훈이 팔짱을 끼고 미간을 좁혔다.

뭔가 고민에 빠진 듯한 모습이었다. 그리고 그 고민은 얼마 지나지 않아 깔끔하게 정리되었다.

그는 자식을 위해 한가지 결심을 이뤘다.

"농토를 팔아야겠구나."

"예……?"

"땅을 팔아서 집에서 일해 준 종들에게 돈을 주고 한양으로 가야겠다. 네가 육군사관학교에 입교하게 됐으니 말야. 전에 미곡을 팔며 장사한 적이 있는데 한양에 가서 장사해야겠구나. 그러면 온 식구가 한양에 가서 지낼 수 있을 것 같다."

"아버지……."

"넌 불효자가 아니라 효자다, 중근아. 그러니 나라와 백성을 위한 일을 두고 절대 식구를 먼저 생각하지 말 거라. 조선의 사내는 대의를 위함에 당당해야 한다. 알겠느냐?"

"예. 아버지."

"함께 한양으로 가자꾸나."

"예!"

중근은 시험에 합격한 사실을 식구들에게 알렸다.

중근의 부인인 김아려와 동생인 안정근과 안공근이 크게 기뻐했다.

그리고 안태훈의 부인인 조마리아는 중근에게 본이 되는 장교가 되라고 말했다.

그런 면에 있어선 아버지인 안태훈보다 훨씬 심지가 곧고 자식들의 기둥이 되는 존재였다.

태훈은 한양에 새로 살게 될 적당한 집을 알아봤다.

그와 함께 생계를 꾸릴 수 있는 점포를 알아보고 미곡을 팔 수 있는 판로를 미리 살폈다.

한달 못 되어서 안태훈이 해주부 관아 관리들에게 농토를 팔겠다는 뜻을 밝히고 합당한 값으로 돈을 받았다.

그중 일부를 집에서 일한 종들에게 나눠줬다.

안태훈에게 적지 않은 돈을 받은 종들은 어안이 벙벙한 표정이었다.

"주인마님?"

"받거라. 상단이나 회사에서도 열심히 일한 직원이 일을 그만둘 땐, 일했던 기간에 따라 퇴직금을 받는다고 들었다. 이것은 너희들이 우리 집에서 일한 만큼 얻는 퇴직금이다. 이 돈을 받고 너희들의 꿈을 자유롭게 이루 거라. 내가 응원하마."

안태훈의 이야기를 듣고 종들이 가슴이 떨리는 것을 느꼈다.

그리고 그대로 안태훈에게 돈을 돌려줬다.

"따라가겠습니다."

"뭐?"

"한양에서 미곡 상회를 여신다고 들었습니다. 그곳에서 마님을 위해서 일하고 싶습니다."

다른 종들의 마음도 같았다.

"임금이 싸더라도 괜찮습니다."

"저희들을 직원으로 써주십시오. 마님."

"열심히 일하겠습니다. 한양에서 저희를 보살펴주신 마님의 은혜에 보답하겠습니다."

"간절히 청을 드립니다. 마님!"

함께 가겠다는 종들의 바람을 듣고 안태훈의 입가에 미소가 스며들었다.

그들을 끌어안으면서 안태훈이 말했다.

"그래. 같이 가자. 내 너희들과 함께 생업을 일굴 것이다. 생업의 전장에서 함께 싸우자꾸나."

"예! 마님! 흐흐흑…! 흐흑!"

감격한 종들이 안태훈의 품에 안겨서 엉엉 울었다.

그리고 안태훈은 그들과 함께 한양으로 가서 꼭 성공을 이루리라 다짐했다.

몇 달 뒤, 집을 한양으로 옮긴 종들은 안태훈의 집에서 살지 않고 따로 집을 구해서 살기 시작했다.

그리고 종로에 개점한 미곡 상회에서 일했다.

음식점들이 늘어나면서 쌀이 많이 필요했고 특히 밀의 수요가 급격히 증가했다.

서양의 음식인 빵을 파는 가게가 생기면서 안태훈의 미곡 상회인 '북두칠성'에 밀가루를 납품했다.

그렇게 종로에서 안태훈이 생업을 이루고 자리를 잡았다. 장사를 하면서 돈을 벌었고 해주에서부터 땅을 팔아 얻은 돈이 함께 모였다.

여윳돈은 삶의 지혜였지만 돈이 과하게 많은 것은 불필요한 집착이었다.

안태훈은 그 집착을 버리고자 했다.

5년 전, 그는 해주 성당에서 세례를 받았던 천주교인이었다.

태훈은 한양 종현 성당에서 미사를 올리고 신부와 의논

했다.

 프랑스 출신 신부인 그에게 자신이 가진 돈의 크기를 알리고 어떻게 쓰고 싶은지 이야기했다.

 고민하던 신부가 안태훈에게 말했다.

 "그 돈을 아무래도 저보다는 다른 분이 지혜롭게 쓰실 수 있을 것 같습니다."

 "어떤 분을 말입니까?"

 "구세학교를 세우신 분입니다. 조선을 위해 크게 쓰실 수 있는 분이죠. 빈민 구제와 교육을 위해서 진사님의 돈을 소중히 쓰실 겁니다."

 신부가 안태훈의 재산을 써줄 사람을 추천해주었다.

 안태훈은 즉시 구세학당으로 향해 자신의 돈을 써줄 사람을 찾았다.

 학교 선생들을 통해 설립자를 찾는 동안 부모를 잃은 아이들이 숙식하며 공부하는 모습을 지켜봤다.

 창 너머로 공부하는 아이들을 보며 제대로 찾아왔다고 생각했다.

 그때, 뒤에서 목소리가 들렸다.

 "안진사님이십니까?"

 태훈이 돌아서서 설립자를 보고 대답했다.

 "제가 진사 안태훈입니다. 혹시 언더우드 선교사님이십니까?"

 "예."

"프와넬 신부님으로부터 소개를 받고 왔습니다."

"이야기 들었습니다."

"만나게 되어서 반갑습니다."

악수하며 서로를 반갑게 여겼다.

구세학당을 세운 사람은 '호러스 그랜트 언더우드'였다.

그는 영국 태생으로 미국 국적을 지닌 선교사였다.

학교에 마련된 응접실에서 안태훈이 언더우드에게 자신의 뜻을 밝혔다.

그 말을 듣고 언더우드가 감동 받았다.

땅을 팔아서 얻은 돈은 절대 적은 돈이 아니었다.

눈을 감고 고민하다가 안태훈에게 말했다.

"정말 부담이 되는군요. 제가 진사님의 숭고한 뜻에 부응할 수 있을까 걱정입니다."

"하지만 저보다는 선한 길을 걸으셨지 않습니까."

"부끄러운 일입니다. 누군가는 저를 보면서 솔선수범하고 있다고도 하지만 여전히 부족합니다. 그저 주님을 본받고 낮은 사람들을 보살피는 사명을 따를 뿐입니다. 그것은 제 뜻이 아니라 주님께서 명하신 일입니다. 주님의 뜻으로 조선인들을 살피는 겁니다. 제가 한 일은 아무 것도 없습니다."

겸손한 모습을 보고 안태훈이 언더우드를 더욱 믿었다.

그에게 남는 재산을 맡기고자 했다.

"하나님의 뜻으로 고아와 백성들을 위해서 써주십시오.

더 많은 학교를 세우고 더 많은 빈민을 구제해 주십시오. 저의 재산을 주님께 올려 드리겠습니다."

언더우드가 다시 눈을 감고 짧게 고민했다. 그리고 안태훈의 재산으로 고아와 빈민을 위해 힘쓰기로 했다.

"절대 주님과 진사님을 실망시키지 않겠습니다."

다음 날, 언더우드에게 은관이 가득 실린 상자가 수레에 실려서 보내졌다.

그 돈으로 언더우드는 기존에 있던 구세학당의 규모를 더욱 키우기로 했다.

또한 고아를 먹여 살리는 고아원을 더 세우고 빈민에게 음식을 제공할 식당을 차리기로 결정을 내렸다.

안태훈은 빈민을 위해 반 이상의 재산을 기부하고 마음의 평안을 얻었다.

그의 입가에서 미소가 쉽게 지워지지 않았다.

동학도를 토벌하면서 얻은 죄책감으로부터 비로소 자유로워질 수 있었다.

'이걸로 백성들에 대한 빚을 조금이나마 갚을 수 있어.'

미곡 장사를 하면서도 수시로 언더우드가 운영하는 고아원과 학교로 양식을 보냈다.

그렇게 해주에서 지주로 삶을 보냈어야 할 안태훈이 한양의 상인이 되어 새로운 인생을 살기 시작했다.

안중근은 육군사관학교에 입교할 예정이었다.

그의 이름이 적힌 합격자 명단이 군부를 통해 장성호에

게 보내졌다.

　총리부 회의실에서 장성호와 유성혁이 마주앉았다.

　명단을 훑던 장성호가 흥미로워하는 표정을 지었다.

　예전에 겪었던 일을 다시 경험하는 듯했다.

　"이척……."

　"세자 저하십니다."

　"합격하셨군. 하긴, 해군 사관생도가 되신 의화군 마마를 보고 많은 자극을 받으셨을 거야. 그리고 저하를 보고 양반이었던 사람들이 자극받겠지. 좋은 방향으로 말야. 이제 이 나라에도 노블레스 오블리주가 자리 잡기 시작했어."

　세자 이척이 육군사관학교 입교 시험에 합격했고 생도가 될 예정이었다.

　그리고 다른 합격자의 이름을 확인했다.

　두 명의 이름이 장성호의 시선을 사로잡았다.

　"신태호… 홍범도……!"

　한 명은 '신돌석'이라는 이름으로 국권피탈 직전에 일본군을 상대로 연전연승했던 무장항일 독립운동가였다.

　그리고 한 명은 '봉오동 전투'로 일본군을 대파했던 '대한군북로독군부'의 사령관이었다.

　그러나 이제 두 사람이 그런 일을 벌일 이유가 없었다.

　이미 미래가 바뀌어서 나라를 잃기 직전과 이후에 일어날 일을 벌일 수 없었다.

그저 평범한 농민과 포수였다.

그들을 유성혁이 이끌었다.

"무장 항일투쟁에 있어서 절대 빼놓을 수 없는 위인들입니다. 그래서 직접 찾아가 응시를 권했고 당당히 시험에 합격했습니다. 앞으로도 역사에 남는 독립군 지휘관들을 스카웃해야 합니다."

역사에 남는 위인들을 계속 등용해야 된다고 말했다.

그 말에 장성호도 고개를 끄덕이면서 동의했다.

"미래가 바뀌어서 영웅이 될 사람을 평범한 백성으로 내버려두는 것도 지혜로운 일은 아니지. 앞으로 김좌진 같은 인물도 군에 영입해야 돼. 그리고 그분들의 능력을 우리가 일깨워주는 거야. 물길이 바뀐 강 속의 보석을 건져 올려야 돼."

"예. 특무대신."

죄 없는 자를 죄 지을 것 같다는 논리로 처벌할 수 없었다. 그러나 기질과 어떠한 재능을 가졌는지 뻔히 알고 있는데, 그것을 쓰지 않는 것만큼 어리석은 일도 없었다.

성혁을 만난 두 사람이 육군사관학교 입교 시험을 치르고 합격했다.

그리고 봄이 되었을 때 생도가 된 두 사람은 육군사관학교에서 입학식을 치르면서 새로운 인생을 시작했다.

육군사관학교 사열대 앞에 새로운 생도가 오와 열을 맞춰서 섰다.

교관이 된 해병대 대원들과 함께 육군사관학교 교관에 지원한 장교들이 서서 사열대 위를 우러러 봤다.

그 위로 이희가 올라서자 열중쉬어 자세를 하고 있던 생도들의 마음이 떨렸다.

'전하다!'

'전하를 여기서 이렇게 가까이 뵙는구나!'

아무렇지 않게 생각하다가 이희를 직접보고 영예롭다 여기는 생도도 있었다.

안중근이 벅찬 가슴으로 고개를 들었다.

성혁의 인도로 생도가 된 두 사람도 여태 경험하지 못했던 감격을 느꼈다.

사열대 위에 오른 이희가 생도들의 얼굴을 살폈다.

사장 앞에 서 있던 생도의 얼굴이 이희의 눈에 한가득 들어왔다.

그는 왕의 자식이었다.

"부대! 차렷!"

"……."

"충성!"

비슷한 체형의 비슷한 외모였지만 눈은 훨씬 크고 또렷했다. 세자 이척이 단발을 하고 곤룡포를 입은 이희에게 경례했다.

단발을 할 때, 신하들의 많은 반대가 있었지만 장교가 되어 나라를 지키고자 하는 결의가 담긴 것이기에 함부로 지적할 수 없었다.

그 속에는 숭고함이 깃들어 있었다.

사열대 위에서 이희가 목소리를 높였다.

모든 이가 그의 말을 경청하기 위해 침묵하고 있었다.

"어떤 자는 부모가 노비였을 것이고, 어떤 자는 농민과 포수였으며, 어떤 자의 아비는 양반이었을 것이다! 그러나 이제, 조선에 노비와 양반은 존재하지 않는다! 만민이 평등한 세상에서 특히 군에 있어서만큼은 오직 조선을 잘 지키고 백성들을 잘 지키기 위해 우수한 능력을 가진 자들만이 더 높은 계급을 얻고 더 많은 권한을 얻는다! 장교란 무엇인가?! 바로 부사관을 참모로 쓰며 병졸을 통솔하는 자다! 그리고 나라와 백성을 지키기 위해 전략과 전술을 부리는 자다! 육군사관학교 생도는 이전의 신분고하를 막론하고 그런 잠재력과 의지를 갖춘 자로 전장에서 적을 이기고 끝내 조선을 지키게 될 것이다! 잘 정진하여 구국의 영웅이 되라! 금강석과 같이 변치 않는 초심으로 생도들이 조선 국방의 근간이 되길 바란다! 건투를 빈다!"

이희의 입교 연설이 끝났다. 생도들이 감동 받았고 가장 앞에서 보고를 하는 이척이 크게 외쳤다.

"차렷! 충성!"

생도들에게 차렷 지시를 내린 뒤 이희에게 경례하고 위엄 있는 연설의 마무리를 지었다.

이어서 만세 삼창이 이뤄졌다.

"대조선국! 주상 전하! 만세!"

"만세! 만세! 만세!"

하늘이 떠나가도록 만세 소리를 크게 외쳤다.

이척을 비롯한 생도들은 이희에게 충성하고 조선과 백성들을 지킬 것이라고 마음속의 다짐을 더욱 굳혔다.

전장에서 절대 물러나지 않고 적을 격파할 것이라고 결의를 세웠다. 그렇게 그들은 육군사관학교에서 교육받고 훈련하기 시작했다.

조선에서 생산된 맥심 기관총이 사선을 앞에 두고 띠 탄창을 장전했다.

조준점이 과녁을 조준했고 방아쇠에 검지를 건 사수는 등 뒤에 서 있는 조선영의 지시를 기다렸다.

잠시 후, 깔때기를 든 선영이 크게 외쳤다.

"사격! 개시!"

'한 이식 기관총'으로 불리는 맥심 기관총의 총구에서 불꽃이 일어나기 시작했다.

'타타탕!'하는 소리와 함께 과녁에 무수한 구멍이 새겨지기 시작했다.

조선의 새 무기의 진가를 이척이 확인했다.

'기관총으로 방어진을 구축하면 적의 수가 얼마나 되던지 쉽게 패하지 않겠구나! 대단한 무기다! 이제 이 무기로 반군이 아니라 조선을 위협하는 외세를 상대해야 돼!'

동학도가 반란을 일으켰을 때 개틀링을 앞세웠던 관군이

그들을 진압했다.

그것은 비극이었고 그들 또한 백성이었다.

백성을 지키기 위해 위력을 발휘해야 할 무기가 도리어 백성들을 해하는데 쓰였다.

그런 일이 다시 일어나선 안 된다고 생각했다.

띠 탄창의 탄약을 모두 비우자 기관총의 총구에서 하얀 김이 올라 왔다.

직후 이미 넝마가 되어버린 과녁판을 향해 생도들이 신형 소총을 조준했다.

7mm 구경의 마우저탄을 사용하는 정확도 높은 소총이 생도들의 손에 들려 있었다.

'한 일식 소총'으로 무장한 생도들이 방아쇠에 건 검지를 끌어당겼다.

"사격!"

타타탕! 타탕!

"재장전!"

5발 총탄이 걸린 클립을 탄입대에서 꺼내 열린 노리쇠 안으로 꽂아 밀어 넣었다.

그러자 소총에 총탄 5발이 삽입됐다.

개방된 노리쇠를 앞으로 밀어 넣자 총탄 중 한발이 약실에 바로 장전됐다. 그 과정이 10초도 걸리지 않았다.

중근이 소총을 쏘면서 속으로 감탄했다.

'빠르다! 조총과 비교할 수 없을 정도로 말야! 이런 무기

가 우리 조선의 무기라니 믿어지지 않구나! 어지간한 외세의 무기보다 뛰어나다!'

　조준점이 맞지 않아 오조준을 해야 하는 조총과 전혀 달랐다. 조준점을 수정해서 영점이 잡힌 소총의 정확도는 과녁의 정중앙을 뚫기에 부족함이 없었다.

　다만, 이미 과녁이 찢어지고 부서져 있어서 뒤의 흙벽에 흔적만 남겼다.

　10발의 총탄을 소진하고 정적이 감돌았다.

　조선영이 깔때기를 들었다.

　"착검!"

　"착검!"

　"돌격!"

　"대조선국! 만세!"

　"나를 따르라!"

　"와아아아~!"

　총탄이 비 오듯 날아들더라도 장교는 언제나 병사들보다 앞에서 뛰어야 한다.

　안중근과 홍범도, 신태호가 가상의 적진을 향해서 크게 외치며 돌격했다. 그리고 그들과 함께 대장군을 꿈꾸는 자들이 전력질주했다.

　이곳의 모두가 나라와 왕실과 백성들을 위해 목숨을 바치기로 결의했다.

　그 결의는 세상의 어떤 방패보다도 단단했다.

맥이 뚫리다

"삼! 이! 일! 발파!"

'쾅'하는 소리가 광산 끝자락에서 크게 울려 퍼졌다.

단단한 암반이 깨지면서 갱도 끝이 무너지고 안에서 산업의 쌀이 되는 광석이 흘러내렸다.

직후 튼튼한 버팀목으로 안전지대에 대기하고 있던 광부들이 갱도 끝으로 가서 삽으로 흙과 광석을 퍼냈다.

곡괭이로 큰 광석을 깨고 채광차에 실었다.

그들은 지하 수백 미터 깊이에서 섭씨 30도에 이르는 지열을 견디며 일을 했다.

그리고 밖으로 연결된 줄의 종소리를 들으며 시간을 확

인하고 그날의 일을 마쳤다.

증기기관에 달린 발전기로 전기 공급을 받아 승강기가 움직였다.

지상으로 올라온 광부들은 가까운 하천에서 끌어당긴 물로 몸을 씻었다.

그제야 웃음 지을 수 있었다.

가족을 먹여 살리기 위한 일은 보람된 일이었다.

광부들은 월급을 받고 크게 기뻐했다.

"금번에 생산량이 좋아 상여금이 있네. 상여금으로 집에 가서 식구들과 맛있는 음식을 사먹게."

"예! 소장님! 감사합니다!"

기본급여에 상여금까지 받은 광부는 집에 가서 식구들과 맛있는 음식을 해먹는 것은 물론, 여태껏 살 수 없었던 좋은 옷과 여식에게 줄 노리개와 같은 선물을 샀다.

그리고 다음 날도 열심히 일했다.

힘들게 일하면서도 처와 자식을 생각할 땐 미소가 피어날 수밖에 없었다.

그렇게 하루하루를 보냈다.

그리고 조선은 그런 아비와 자녀에게 정성을 쏟는 어미를 통해서 건설되고 있었다.

채광된 구리가 근처 제련소로 보내어져서 동괴로 정련된 뒤 아연과 합금을 이뤘다.

그리고 니켈과 합금되면서 각각 황동과 백동이 되었다.

그것은 주물 속에서 원형으로 변하게 됐다.

원형의 크기는 엄지손톱 크기에서 엄지마디 크기까지 되었다.

앞뒤로는 아라비아 숫자와 조선을 상징하는 동물 문양이 새겨졌다.

아라비아 숫자로 '1, 5, 10, 50'이 새겨지고 각각 '까치, 학, 곰, 호랑이'가 뒷면을 장식했다.

그것은 조선의 통화였다.

그리고 사람들이 편하게 소지할 수 있는 동전이었다.

농상공부 아래의 '조선광석'이라 불리는 채광회사를 통해 충분한 동과 각종 광석을 확보하고 동전을 주조했다.

그 동전으로 사람들이 본격적인 경제 활동을 시작했다.

종로에서 부침개를 파는 중년 부부가 있었다.

길을 지나던 백성 한명이 철판에 굽히는 부침개 냄새를 이기지 못하고 앞으로 왔다.

그리고 부침개의 값을 물었다.

"이 부침개, 얼마요?"

부부 중 남편이 가격표를 가리키면서 말했다.

"여기 쓰여 있습니다. 한장 15전, 세장 40전입니다."

"세장 주시오. 여기 40전이오."

"감사합니다. 잠시만 기다려 주십시오."

"……."

"여기 있습니다."

남편이 부침개를 종이에 싸서 넘겨줬다.

그러자 백성은 군침을 흘리며 부침개를 들고 가까운 나무로 향해 아래에서 부침개를 맛있게 먹었다.

그리고 주변에 아무렇게 종이를 버렸다.

관료인 듯한 사람이 그 종이를 주워서 옆의 쓰레기통에 넣었다.

장성호는 단발 상태로 양복을 입고 있었다.

그는 한숨을 쉬며 주위에 아무렇게 버려진 쓰레기들을 보고 있었다.

주변에는 그 쓰레기를 주워 담는 하급 관리가 있었다.

"고생하십니다."

"아, 아닙니다."

"여기 통에 쓰레기를 버려 달라고 백성들에게 이르십시오."

"예. 대감."

장성호가 쓰레기를 치우는 관리에게 말했다.

관리는 쓰레기를 아무렇게 버리는 백성에게 쓰레기통에 버려 달라고 말했다.

처음에는 백성들이 무척 귀찮아 여겼다.

하지만 장성호가 쓰레기를 줍는걸 보고 움찔했다.

그리고 잘못하면 자신들이 처벌당할 수 있다는 생각을 했다.

48

결국 모두들 쓰레기를 주워서 통에 말끔히 집어넣었다.

신문을 통해 백성들은 장성호의 얼굴을 알고 있었다.

그는 김인석과 함께 종로를 시찰하면서 백성들의 민심을 살피려 했다.

양복과 관복을 입은 수행원들이 있었다.

그저 곁다리로 듣는 것과 직접 보고 듣는 것은 전혀 다른 일이었다.

장성호는 부침개를 파는 부부 앞으로 와서 가격을 물었다.

"얼마 입니까?"

"……?!"

장성호를 보고 부부가 크게 놀랐다.

고관들이 몰려왔다는 생각에 무슨 일인가 했다.

그들은 급히 옆으로 나와 허리를 굽히며 인사했다.

그런 두 사람을 장성호가 말렸다.

"높임을 받기 위해서 온것이 아닙니다. 굳이 인사하신다면 가볍게 하셔도 됩니다.

"예. 대감."

부부를 진정시키고 장성호가 다시 물었다.

"이 부침개 얼마입니까?"

"하…한장에 15전입니다."

"한장에 15전… 아, 여기 가격이 쓰여 있는 판이 있군요. 세장에 40전… 그러면, 여섯장에 80전이 맞습니까?"

"예. 맞습니다."

"1원으로 드리겠습니다. 20전 거슬러 주십시오."

"가…감사합니다…! 2장 더 구워드리겠습니다… 잠시만 기다려 주십시오!"

"예."

'전'단위 위에 '원'단위의 금액권이 더 있었다.

1원부터 100원까지는 지폐였다.

1원, 5원, 10원, 50원, 100원으로 총 5종류로 유통되고 있었다.

그리고 각 지폐의 앞면을 서원과 거북선, 고구려의 영토와 혼천의, 훈민정음이 장식했다.

뒷면에는 율곡 이이, 충무공 이순신, 광개토태왕, 장영실, 훈민정음을 창제한 장헌대왕의 인물화가 새겨지면서 지폐의 의미와 가치를 한껏 끌어올렸다.

장성호가 1원을 내자 부부가 흥분하며 부침개 2장을 더 부쳤다.

장성호와 김인석 등이 기다리는 동안 종로를 거니는 백성들이 걸음을 멈추면서 두 사람과 수행원들이 무엇을 하는지 지켜봤다.

곧 장성호가 여섯장의 부침개를 받았다.

김인석에게 한장을 주고 수행원들에게 각각 한장씩 나눠줬다.

그도 한장을 입에 베어 먹으면서 잔잔한 미소를 피어 올

50

렸다.

김인석이 장성호에게 말했다.

"맛있군."

"예. 저도 생각보다 맛있어서 놀랐습니다."

부침개를 파는 부부에게 맛에 대한 감탄을 전했다.

"이거, 정말 맛있습니다!"

"그…그렇습니까?"

"예! 내각 대신들에게 소문을 내야겠습니다! 하하하!"

"감사합니다! 대감!"

장성호의 칭찬에 부부가 뿌듯해했다.

그리고 백성들은 장성호와 김인석이 자신과 그리 다르지 않는 사람들이라고 여겼다.

거리에 서서 음식을 먹으며 고상함을 떠는 양반처럼 느껴지지 않았다.

그렇게 음식을 사먹고 화폐 사용에 대해 물었다.

부부는 매우 편하다고 말했다.

특히 지폐에 관해서 자신들의 생각을 전했다.

"50전이면 1전이 50개가 아니겠습니까, 그리고 1원이면 무려 1전만 100개입니다. 100개의 동전을 가지고 다니는 것보다 이 한장의 지폐를 가지고 다닐 수 있어서 너무 편합니다. 덕분에 음식 재료를 사고파는 데에도 정말 유용하고요. 이런 화폐를 만들어주셔서 감사합니다."

장성호가 화폐를 만든 사람이 누구인지 알렸다.

"대신들이 의견을 내더라도 전하의 윤허가 없으면 소용 없습니다. 전하께서 윤허하셨기에 가능한 일입니다. 제가 아니라 전하께 감사할 일입니다."

"예, 대감. 성은이 망극하옵니다. 전하."

대궐을 향해서 두 사람이 절을 올렸다.

많은 상인들과 백성들이 새로운 화폐에 대해서 편리함을 느끼고 있었다.

조선의 통화 경제는 이미 시작 단계를 넘어서서 순풍을 타며 항해했다.

동전과 위조 방지를 위한 특수 염료로 제작된 지폐가 '조선조폐공사'에서 발행되었다.

함께 육조 거리에서 세워진 '조선중앙은행'이 종로에 세워진 '조선상업은행'을 통해서 화폐를 유통시켰다.

기존에 쓰이던 '상평통보'와 '당백전'은 수거해서 적절한 비율에 따라 새 화폐로 교환했다.

동으로 주조된 엽전들은 다시 조폐공사에서 새 동전을 위한 재료로 쓰였다.

또한 농토가 펼쳐진 고을의 관아에서는 '농업협동조합'이 세워졌다.

그곳에서는 백성들이 생산한 작물을 사들이고 새 화폐로 값을 지불했다.

백성들도 새 화폐로 세금을 내기 시작했다.

마찬가지로 '수산업협동조합'과 '산림업협동조합'이 세

워졌다.

또한 백성들은 조합을 통해 도구를 빌리고 생업을 위한 교육 등을 받았다.

덕분에 생산력이 더욱 높아지고 높은 수입을 얻으면서 내각에 대한 신뢰를 쌓았다.

그에 관한 보고가 총리부에 전해졌다.

지천명을 막 넘긴 탁지부대신이 환한 미소와 함께 세 총리에게 보고했다.

특무대신인 장성호가 동석하고 있었다.

"화폐 경제 도입이 성공했습니다! 백성들이 더 이상 화폐를 사용하는 데에 있어서 불편해하지 않습니다! 작은 물건을 사고 음식을 먹을 때도 돈으로 지불합니다!"

탁지부대신은 어윤중이라는 자였다.

그는 원칙주의자였다.

또한 그 누구보다 조선의 경제와 조정의 재정을 잘 알았다.

한 해 예산을 기획할 때 빈틈없이 짜서 낭비를 틀어막는 자였다.

어윤중에 이어 장성호가 세 대신에게 말했다.

"이제, 엽전을 무더기로 지불할 일이 없습니다. 은으로 대량의 엽전을 대신하는 일도 없습니다. 화폐를 통한 거래로 백성들은 원하는 물건을 마음대로 살 수 있습니다. 전하와 내각에 대한 민심이 심상치 않습니다."

좋은 뜻으로 심상치 않다고 말했다.

회의실에 거하는 모든 사람들의 입에서 미소가 피어올랐
다.

개인의 안위를 위해 재물을 모으는 기쁨보다 더 큰 기쁨
이 있었다.

그러나 그것이 절정은 아니었다.

앞으로 더 좋은 일들이 있었고 그 일을 사람들이 학수고
대하고 있었다.

회의실 한쪽에 달력이 걸려 있었다.

"사흘 남았군."

김홍집이 입꼬리를 올리며 기대감을 나타냈다.

사흘 후에 나라에 큰 경사가 있을 예정이었다.

그것은 세상의 편견을 무너뜨리고 진실로 비극의 역사를
지우는 일이었다.

사흘의 시간이 3년과 같이 지나갔다.

그리고 세상에 선포하는 순간이 다가왔다.

숭례문으로 불리는 남대문 밖에 수만명에 달하는 군중이
모였다.

세상의 이목이 집중되었다.

* * *

조선은 이제 은둔의 나라에서 벗어나 세상과 연결되어

중심이 되기를 자처했다.

2년 전 위대한 선포가 이뤄졌던 곳에서 다시 천하를 깨우는 외침이 울려 퍼지려고 했다.

초가집이 늘어선 광장 같은 거리였다.

그곳에 다소 이질적인 형태의 건물이 세워져 있었다.

그 건물은 철근과 시멘트로 불리는 석회액으로 지어진 단단한 건물이었다.

건물 앞에 단상이 세워지고 색색의 띠가 단상을 장식했다.

시위대가 철저한 경계를 선 가운데 앞으로 백성들이 모여 있었다.

웅성거리면서 건물에 대한 이야기를 서로 나눴다.

여태 본 적 없는 건물에 대한 감탄이 있었다.

"와, 크다."

"몇 층이야? 하나 둘, 셋, 넷……."

"무려 6층이야! 창문으로만 세어도 6층에 이르러! 창문이 없는 층수까지 치면 9층 정도 될 거야!"

"저런게 조선에 지어지다니."

"이야~"

"와~"

비록 서양에선 흔한 건물이었지만 한양에서는 처음을 장식하는 건물이었다.

때문에 웅장함이 있었고 높이뿐만이 아니라 넓이도 압도

적이었다.

그렇게 감탄하며 단상에 오르는 대신들을 올려다봤다.

잠시 후, 마차 한대가 도착하자 백성들의 입에서 열화와 같은 함성이 울려 퍼졌다.

익선관을 쓴 이희가 민자영과 함께 마차에서 내렸다.

"전하다!"

"전하께서 도착하셨다!"

"대조선국 주상 전하 만세!"

형식적인 외침이 아니라 진심이 가득 담긴 외침이었다.

그 맛을 잊지 못해 이희가 다시 대궐 밖으로 나섰다.

대신들을 만나서 인사를 받았고 김인석과 장성호를 비롯해 대역사를 일으킨 주인공들과 얼굴을 마주했다.

이승훈과 최만희를 비롯한 건설회사 사장들이 이희에게 허리를 굽히며 인사했다.

이희가 공사를 마친 사장들을 크게 격려했다.

"참으로 고생했다. 공사를 시작하기 전만 하더라도 과연 조선이 철도 부설을 할 수 있을까라는 생각을 했다. 하지만 가능했고 대부분에서 사장들이 잘 이끌어줬기 때문이다. 백성을 대신해서 과인이 감사를 표한다."

"전하……."

"앞으로도 조선을 잘 건설해주기 바란다."

"예. 성은이 망극하옵니다. 전하!"

사장들이 허리를 굽히며 이희에게 감사의 뜻을 되돌렸

다.

그리고 이희는 그들 뒤에 서 있는 파란 눈을 가진 이들에게 시선을 맞췄다.

그들의 공도 적지 않았다.

이희는 머리카락 색이 금색으로 빛나는 이들에게 손을 내밀었다.

악수는 서양의 인사법이었다.

"우리 조선에게 철도 공사법을 알려주고 도와준 사실을 감사히 여긴다. 앞으로도 조선은 그대들과 같은 미국인들을 귀하게 여길 것이다. 양국이 우의를 다지는 데에 그대들이 큰 역할을 했다."

"성은이 망극하옵니다. 전하."

어렵게 배운 조선말로 시리우스 건설사의 직원들이 이희의 격려에 감사를 나타냈다.

그 모습을 귀빈석에 초대된 한양 주재 외국 공사관원들이 지켜봤다.

그들은 조선에서 일어나는 일이 믿어지지 않았다.

겉으론 웃고 있었지만 속으론 의심하고 있었다.

'아무리 도움을 얻었다 하지만 이렇게 빨리 건설을 이뤄냈다니…….'

'총 길이만도 2000km가 넘는 구간이다. 그런 구간을 처음부터 제대로 공사를 했다고? 일본도 그 정도는 아니었어.'

'대체 조선인들이 어떻게 공사를 벌인 거지?'

미개한 동양인이었다.

그리고 조선은 그 중에서도 최악을 달리고 있었다.

그렇게 생각한 것이 5년 전이었다.

하지만 5년 만에 상상할 수 없을 만큼 최선을 달리고 있었다.

그 기적의 근간이 믿어지지 않았다.

그리고 단상 위에 올라 백성들 앞으로 나서는 이희의 뒷모습을 지켜봤다.

백성들을 상대로 이희가 연설했다.

"금일이 올 때까지 과인과 만민이 얼마나 기다려 왔던가! 일이야 말로 조선의 맥이 뚫리고 죽어 있던 이 나라가 생기 가득한 나라로 다시 태어나는 날이다! 그동안 상경하기 위해서 만민이 얼마나 힘들어 왔던가! 금일을 지나 명일이 되면 철마를 타고 천리 길을 단숨에 달릴 것이다! 여태 우리가 경험하지 못했던 일을 경험할 것이고! 여태 본 적 없는 물산과 의식을 경험할 것이다! 그리고 세상 만국으로 향해 널리 조선의 위상을 알릴 것이다! 우리는 진정으로 부국이 된다! 그 생각이 이제는 확신이 되리라! 만민은 이를 의심하지 말며 전력을 다해 조선을 건설하라! 그 끝에 만민 후손의 번영과 영광이 있으리라!"

"대조선국, 주상 전하! 만세!"

"만세! 만세! 만세!"

"와아아아~!"

침묵 끝에 벼락같은 함성이 내려쳤다.

폭죽이 터지고 성대한 완공식이 마무리되었다.

그리고 단상에서 내려온 이희가 대신과 사장들과 짧게 이야기를 나누고 말끔하게 지어진 '서울역' 역사 안으로 들어섰다.

서울은 백성들이 한양을 두고 말하는 또 다른 지명이었다.

행정지명인 '한성'과 조정에서 주로 쓰는 '한양'을 쓰지 않으면서 그 역이 왕실의 것이 아닌 백성의 것임을 천하에 널리 알렸다.

역사에서 일하게 된 관리의 도움을 받아 직접 표를 사고 승강장으로 나가 기차를 기다렸다.

그리고 멀리서 울려 퍼지는 기적 소리를 들으며 승강장에 서 있던 모든 사람들이 입을 크게 벌렸다.

육중한 크기를 가진 증기기관차가 강철로 된 바퀴를 굴리면서 역사 안으로 들어왔다.

그 모습을 보고 양복을 입은 노인 한 사람이 훌쩍였다.

그는 박기종이었다.

곁에 있던 장성호가 웃으며 작은 목소리로 물었다.

"혹시, 울고 계십니까?"

"송구합니다……."

"아닙니다. 저도 이런 감동을 견디기가 힘든데 오직 조선에 화차가 달리는 것만을 생각하신 박사장님이 어떻게 이 감격을 이기겠습니까? 백성들이 사장님의 눈물을 보고 애국심을 배울 것입니다. 사장님이야말로 조선의 선구자이십니다."

장성호의 이야기를 듣고 박기종의 감정이 더욱 격해졌다.

그의 눈물을 보고 조선철도공사 직원들이 따라 울었다.

그들을 대신들이 흐뭇한 시선으로 지켜봤다.

이희가 고개를 돌렸고 박기종을 보던 김인석과 시선이 마주쳤다.

무언의 이야기가 두 사람 사이에서 흘렀다.

그리고 장성호와 이희 사이에서도 이야기가 오갔다.

이희가 박기종에게 새로운 꿈을 심어줬다.

"박사장."

"예. 전하……."

"기쁘고 감동적인가?"

"예……."

"하지만 이것으로 끝을 고하지 말라. 과인의 앞에 있는 기관차는 미리견에서 수입한 기관차다. 이제 조선에도 화차가 달릴 수 있게 되었으니, 조선인이 만든 화차로 이 철로를 달릴 수 있게 하라. 그것이 그대의 남은 인생의 마침표다."

"어명을 받들겠습니다…! 전하!"

고무된 박기종이 눈물을 터트리며 크게 대답했다.

이희가 한 말을 통역을 통해 외국 공사관원들이 이야기를 들었다.

그들은 조선에서 증기기관차를 제작할 것이라는 말에 눈동자를 떨며 반신반의하는 시선을 보냈다.

청나라와 일본조차 증기기관차를 제작해본 적이 없었다.

그 일을 조선이 먼저 해낼 것이라는 생각이 들지 않았다.

아직 조선인이 건설한 철로를 완주하지 않았다.

"승차하겠다."

"예. 전하."

이희가 특별객차 문 위로 발을 올렸다.

그의 뒤를 따라 민자영과 유성혁, 장성호, 박기종.

3명의 총리들이 승차했다.

그리고 일반객차에 각 부 대신들과 관리들이 승차했다.

외국 공사관원들이 남은 의심을 꾹 쥐고 객차에 승차했다.

전형적으로 평범한 열차 객실이었다.

하지만 중요한 것은 그것이 아니었다.

멈춰 있던 기차가 천천히 바퀴를 굴렸다.

'움직인다.'

기적소리와 함께 기차가 앞으로 달리기 시작했다.

역사에서 열차가 밖으로 빠져 나오자 서울역 밖에 모여

있던 백성들이 다시 크게 함성을 질렀다.

그리고 계속해서 남쪽으로 열차가 달렸다.

용산을 지나 조선인의 힘으로 세워진 철교를 건넜다.

바닥에서 덜컹거리는 소리가 일어나기 시작했다.

"오!"

"경강이다!"

기자들이 멀리 뻗은 경강을 보면서 감탄했다.

삼각 형태를 이루는 철교의 '트러스' 구조를 이루는 철근
이 일정간격으로 빠르게 창 너머에서 흘러 지나가고 있었
다.

그 모습을 외국 공관원들이 지켜보고 있었다.

그들의 짐작과 편견은 끝내 무너지게 됐다.

조선인이 서양에서 짓는 철교를 건설했다.

'조선이 이런 철교를 건설했다고……?'

'아무리 미국이 도와줬다지만 처음부터 이런 다리를 짓
게 되다니……!'

'너무 우습게 봤어!'

충격에 이은 경탄이 그들의 입에서 흘러나왔다.

철도 부설을 완공시키고 철교를 완성시킨 조선의 저력에
적잖이 놀랐다.

그리고 어쩌면 조선인들이 동양의 여느 나라와 다를 수
있다는 생각을 하게 됐다.

종착역에 이를 때까지 충격의 여운이 가시지 않았다.

그리고 이희가 객차에서 하차하자 우레 같은 함성을 지르는 조선 백성들을 봤다.

이희의 뒷모습이 그토록 위풍당당하게 느껴진 적이 없었다.

"대조선국 만세!"

"만세! 만세! 만세!"

"주상 전하, 만세!"

"만세! 만세! 만세!"

부산포 백성들이 하늘과 바다를 크게 흔들었다.

열차를 타고 왕이 나라의 끝에 하루 만에 이르렀으니, 마음만 먹으면 백성들의 생활과 민심을 친히 살필 수 있었다.

다음 날 한양에서 이희가 부산포를 방문한 일이 특보로 신문에 게재됐다. 그리고 며칠 지나지 않아 전국 고을에서 발행된 신문을 통해 백성들은 언제든지 한양에 갈 수 있다고 생각했다.

조선의 왕과 함께 부산포를 다녀온 외국 공관원들이 심각해졌다.

철도가 건설된 후에 조선에 대한 미국의 지원이 크게 확대될 수 있다는 생각이 들었다.

그 예감이 빗나가지 않았다.

"포드모터스가 내년부터 자동차 생산을 인천에서 벌이겠다고?"

"이렇게나 빠르다니, 대체 조선에 무엇이 있기에 미국이 이런 일을 벌인단 말인가?"

미국 회사들의 조선 진출은 그렇게 새로운 일이 아니었다.

그러나 그 속도에 있어서만큼은 이례적이라 여길 수 있을 정도로 매우 빨랐다.

러시아 공사관, 프랑스 공사관 심지어 네덜란드 공사관까지 크게 충격에 휩싸였다.

그와 함께 세계 최강국인 영국 공사관에서도 조선에서 시장을 넓히는 미국의 행동을 크게 경계했다.

"조선을 우습게 알다가 큰것을 놓칠 수 있을 것 같습니다. 분명히 무언가가 있습니다. 단순히 무역생산기지 국가로 삼는것 이상의 국익이 있는 것 같습니다. 저희들도 미국과 같이 행동해야 합니다."

총영사가 공사에게 의견을 말했다.

그 말을 듣고 영국 공사가 곰곰이 생각했다.

그의 이름은 '존 조던'이었다.

윗입술을 가득 덮는 큰 콧수염과 대머리가 특징인 인물이었다.

고개를 끄덕이면서 총영사의 의견에 동의했다.

"우리도 적극적으로 움직여야겠어. 더 이상 조선을 동아시아의 변두리로 여겨서는 안 될 것이네. 조선의 잠재력을 재고해야겠어."

조선은 세상의 모든 관심을 끌어 모으고 있었다.

서양은 그런 조선을 동아시아의 변수로 인정하기 시작했다.

제물포로 향하는 경인선과 경부선, 호남선이 먼저 개통되었다. 한달 후에는 경의선과 경원선, 함경선, 중앙선, 태백선이 개통됐다. 그리고 광주와 부산을 잇는 남해선이 개통됐다.

맥이 뚫리고 산업의 혈류가 돌기 시작했다. 열강으로 향하기 위한 관문을 조선이 직접 열고 안으로 들어갔다.

그리고 앞을 향해서 달려가는 일본의 어깨를 붙잡았다. 미국이 조선을 지원하고 있었고 일본은 함께 맞설 수 있는 나라를 찾아 손을 잡게 됐다. 그것이 절묘한 수가 될지는 시간을 두고 지켜볼 일이었다.

일본 외무성 앞으로 마차 한대가 도착했다.

말을 몰던 마부가 내려서 문을 열고 발판대를 받혀줬다. 그 위로 양복을 입은 백인이 내려서서 매서운 눈빛을 보였다.

주일러시아전권공사 '알렉산더 이즈볼스키'가 긴밀한 회담을 위해 일본 외무성을 방문했다.

외무성 관리가 그를 안내했다.

"제가 안내하겠습니다. 이쪽으로 오십시오."

이즈볼스키가 관리의 뒤를 따라 안으로 들어갔다.

그리고 유럽의 관청을 흉내 낸 외무성의 실내를 살피고 속으로 실소했다.

미개한 동양 나라가 꼴에 서양 제국을 따라한다고 생각했다. 일본을 깔보면서 외무성 회의실 안으로 발을 들이밀었다.

외무대신인 사이온지가 이즈볼스키와 악수했다.

그리고 탁자를 두고 서로 마주앉았다.

밀실을 유지한 가운데 중요한 밀담이 오가기 시작했다.

"조선에 미국이 영향력을 행사하는 것을 알고 있소?"

"알고 있소."

"그것에 대해 러시아 정부는 어떻게 생각하오? 미국이 동양에 손을 뻗고 있는데 러시아에게 있어서 손해는 없겠소? 어찌 생각하오?"

사이온지의 물음에 이즈볼스키가 담담하게 말했다.

"별 손해는 없을 것이오. 미국과 우리는 딱히 우호적이라고 말할 수 없지만 적대적이지도 않소. 조선에 미국이 영향을 행사한다고 위협적이지는 않소."

콧방귀를 끼면서 이즈볼스키가 대답했다.

통역관을 통해 그의 말을 듣고 사이온지가 피식하면서 입꼬리를 올렸다.

"거짓말을 하는군."

"……."

"적대적이지는 않지만 분명히 손해를 끼치는 일이오. 왜

66

냐, 조선에 미국이 영향력을 행사하면 결국 조선은 미국에 기댈 것이고 러시아가 원하는 부동항도 날아가기 때문이오."

"……"

"어떻소? 내 말이 맞지 않소?"

사이온지의 이야기에 이즈볼스키가 입을 다물었다.

사이온지가 하는 이야기가 진실이었다.

미국이 조선을 돕기 전에 러시아는 조선왕이 유일하게 믿을 수 있는 나라였다.

비록 정권이 친일파 손에 쥐어진 상태더라도 왕의 의지로 언제든지 기회를 틈타 부동항을 얻을 수 있었다.

세계적인 제국은 해상 무역 없이 탄생될 수 없었다.

러시아의 서쪽은 동유럽 대지였고 흑해를 통해 지중해와 대서양으로 향하는 해로는 적대국가인 오스만 제국으로 인해서 막혀 있었다.

때문에 러시아가 향할 수 있는 바다는 오직 동쪽의 태평양만이 유일했다.

그리고 조선 북쪽은 겨울에 바다가 어는 항구였다.

오직 조선만이 그 문제를 해결해 줄 수 있었다.

청나라 요동 반도 끝자락의 여순항을 조차했지만 그것만으로는 부족할 수밖에 없었다.

이즈볼스키가 드디어 사이온지가 하는 이야기에 귀를 기울였다. 일본 정부의 뜻을 알고자 했다.

"그래서 귀국이 말하는 바가 뭐요?"

러시아 공사의 물음에 사이온지가 대답했다.

"동맹을 맺는 것이 어떻소?"

"귀국과 말이오?"

"그렇소. 조선이 미국을 등에 업고 군을 불러들이게 된다면, 결국 러시아는 미국을 쫓아내야 하고, 우리는 조선과 대결하여 반드시 승리해야 되오. 청나라와의 전쟁에서 우리가 이겼을 때, 우리가 할양 받은 땅을 토해내게 만든 것에 대한 악감정을 뒤로 하고 말이오. 설령 모든 것이 정리된 후에 우리가 서로 전쟁을 치르더라도 당장은 조선과 미국을 막아야 하오. 굳이 순서를 논해야 한다면 그래야 되지 않겠소?"

사이온지가 승부수를 띄웠다.

그의 이야기에 이즈볼스키가 눈을 감고 곰곰이 생각했다. 그리고 결정을 내렸다.

"좋소. 하지만 공표하지는 않을 것이오. 우리가 동맹을 맺은 것이 알려졌을 때, 얻는 것보다 잃을 것이 더 많으니 말이오. 러시아를 견제하는 영국의 시선이 집중될 수 있소."

"동감이오. 그리고 만약 전쟁이 일어난다면 단기전으로 조선을 끝장내야 하오. 그리고 반씩 조선을 가져가는 것이오. 위도 38도 기준으로 말이오. 조선이 오판하는 순간 우리 손에 의해서 찢어질 것이오."

처음에는 동맹을 공표하려고 했다. 그러나 공표하지 않는 편이 더 많은 수를 이룰 수 있다고 판단했다.

사이온지가 외교 전권을 발휘하면서 러시아와 공동의 결론을 얻고 미소를 지었다.

이즈볼스키가 고개를 끄덕이면서 조선을 분할 통치하는 것에 합의했다.

밀담이 뒤집힐 수 있는 것을 방지하기 위해 2부의 조약문이 준비되었다.

두 사람이 각각 서명과 정부를 상징하는 인장을 새겨 넣었다. 그로써 비밀 동맹 조약이 체결됐다.

이즈볼스키가 외무성에 나와 마차 위에 올라탔다.

관리들이 배웅 나와서 인사를 했고 그 모습을 외무성 주위를 지나는 사람들이 목격했다.

조선에 일본의 사정이 보고됐다.

정보국 국장을 겸하는 장성호가 보고받았고 그가 총리부에서 김인석과 유성혁을 함께 만났다.

일본의 움직임이 심상치 않았다.

"주일러시아공사 이즈볼스키가 외무성을 방문했습니다. 비록 공사관을 설치하고 수교한 관계이지만 삼국간섭 이후로 매우 험악한 관계입니다. 저번에 대원들이 일본에 침투했을 때, 일본의 주요 관청 집무실에다가 도청 장치를 설치했는데 이번에 걸려들었습니다. 놈들이 비밀 동맹을 체결했습니다."

이어 유성혁이 긴장된 목소리로 김인석에게 말했다.

조선의 위기가 불어 닥치고 있었다.

"만약 러시아가 일본과 한편이 되어서 기습을 벌인다면 정말 위험해질 수 있습니다. 비밀 동맹인데다가 세상 모든 나라가 러시아와 일본이 적대하는 것으로 알고 있기에, 만약 러시아의 발틱 함대가 여순항으로 재배치된다면 어떤 나라도 러시아의 행동을 경계하지 않을 겁니다. 일본을 치려하는 것으로 판단한 영국도 적극적으로 일본을 도울 겁니다."

성혁의 의견을 듣고 이어 장성호가 말했다.

"일본과 러시아가 동맹을 맺었다는 소식을 알게 되면 가장 크게 격노할 나라가 아마 영국일 겁니다. 하지만 지금 상황에서 두 나라의 밀약을 영국 공사관에 알려봐야 두 나라의 관계 때문에 쉽게 믿지 못할 겁니다. 일본이 러시아와 동맹을 맺은 적이 없다고 우기면 그만이니 말입니다. 확실한 물증이 필요합니다."

그리고 밀약이 밝혀졌을 때의 파장을 김인석에게 말했다.

"만약, 일본이 러시아와 동맹을 맺은 사실이 제대로 밝혀지면, 영국은 앞으로 절대 일본과 우호적인 관계를 맺지 않을 겁니다. 우리와 일본을 두고 우리를 택할 겁니다. 유소대장의 말대로 위기이기도 하지만 기회로 바꿀 수 있습니다. 영국을 완전히 우리 편으로 만들어야 합니다."

그 말을 듣고 김인석이 고개를 끄덕였다.

"현재의 최강국과 미래의 최강국, 두 나라를 우리 뒤에 세워야 하네. 호랑이 새끼를 잡으려면 호랑이 굴로 들어가야지. 다시 대원들에게 일본에 침투할 준비를 하라 이르게. 물증을 확보해야 되네."

"예. 함장님."

그리고 며칠이 지나 해병대 대원들이 움직이기 시작했다.

다시 1분대가 셔틀선을 타고 동경에 침투했다.

태양광 전지로 스텔스 망토를 충전한 뒤, 심야에 망토로 몸을 숨기고 투명인간이 되어서 일본 외무성과 러시아 공사관을 샅샅이 뒤졌다. 그리고 조약문서가 있을 법한 다른 관청도 함께 뒤졌다.

외무성 문서 보관실을 1분대에 속한 김현진이 뒤졌다.

보관실에서 러시아 공사의 서명이 들어간 문서를 찾지 못했다.

생체레이더를 확인한 뒤 근처에 사람이 없는 것을 확인하고 작은 목소리로 무전교신을 이뤘다.

"분대장님. 김현진입니다."

―보고해.

"외무성 문서 보관실입니다. 러시아와 맺은 동맹 조약문을 발견하지 못했습니다."

―알았다. 일단 철수해.

"예."

분대장인 우종현이 김현진에게 철수 명령을 내렸다.

그리고 지시를 받고 김현진이 문서실 밖으로 향할 때, 귀에 꽂힌 이어폰에서 목소리가 울려 퍼졌다.

—사이온지 긴모치의 집에서 조약문이 발견됐다. 사진촬영이 됐으니 전원 철수한다.

"예. 알겠습니다."

조약문은 외무성이 아닌 사이온지의 집에서 발견됐다.

조약문을 발견한 대원이 사진 촬영을 했고 신속히 집결지로 모여 셔틀선을 타고 조선으로 돌아갔다.

그리고 장성호의 손에 흑백으로 처리된 사진이 쥐어졌다.

총리부 회의실 탁자 위에 몇 장의 사진이 놓였다.

일본어와 러시아어로 된 조약문의 전문과 사이온지와 이즈볼스키의 서명 그리고 조약문이 있는 곳 주변의 풍경이 사진 안에 담겼다.

그곳은 누가 보더라도 일본인의 집이었고 사이온지의 집이었다. 사진을 확인한 박정양이 크게 놀랐다.

"이게 무엇이오?"

장성호가 그와 김홍집에게 말했다.

"첩보로 확보한 사진입니다. 아라사와 일본이 비밀리에 동맹을 체결했습니다."

"……?!"

김홍집은 자신의 귀를 의심했다.

러시아는 조선과 우호적인 관계를 이루는 나라였고 일본과의 동맹은 전혀 생뚱맞은 이야기였다.

마치 망치로 뒤통수를 얻어맞는 충격이었다.

김홍집이 굳은 표정으로 장성호에게 물었다.

저번처럼 굳이 사진을 어떻게 취했는지에 묻지 않았다.

"어째서 일본이 아라사와 동맹을 맺은 거요? 그리고 공표가 된 적이 없는데……."

김인석이 두 사람에게 말했다.

"공표해봐야 두 나라에게 유리할 게 전혀 없기 때문이오."

"영국이 반대하기 때문에?"

"그렇소. 아라사에 대한 영국의 견제가 더욱 심해질 거고 일본에 대한 영국의 지원은 끊어지게 될 거요. 또한 우리가 일본과 아사라가 맞선다면 영국의 지원이 더해질 수 있소. 그리고 공표하지 않으면 어떤 의심도 받지 않고 부대를 재배치할 수 있소. 허면 우리 조선에 기습을 벌여 단기전으로 전쟁에 승리할 수 있소. 그런 이유 때문에 두 나라가 동맹을 공표하지 않은 거요."

김인석의 이야기를 듣고 박정양이 화들짝 놀라면서 물었다.

"기습이라고 했소? 설마, 아라사가 조선을 공격한단 말이오?"

장성호가 그의 물음에 대답했다.

"충분히 이유가 있습니다."

"어째서?"

"아라사는 부동항을 간절히 원하기 때문입니다. 그런데 미국이 조선에 영향력을 행사하니, 원하는 것을 얻기 위해선 힘을 쓸 수밖에 없는 겁니다. 그래서 아라사가 일본과 동맹을 체결한 겁니다."

"우릴 남북으로 찢어 놓으려 하겠군."

"예. 위도 38도 선이 기준이라 합니다. 조약문에 쓰여 있진 않지만 나름의 정보통을 통해서 첩보가 확보되었습니다. 준비가 되면 놈들이 우리를 칠겁니다."

대답을 듣고 김홍집이 잔뜩 인상을 썼다.

그리고 탁자 위에 놓인 사진을 보고 미간 사이에 있던 주름을 어느 정도 풀었다.

머릿속에서 회심의 한 수가 떠올랐다.

"영국 공사에게 이 사진을 보여줘야겠소. 이 정도 물증이면 아라사와 일본이 동맹을 맺은 사실을 부정할 수 없겠지. 최소한 두 나라의 관계를 의심해볼 거요."

김홍집의 이야기를 듣고 김인석이 물었다.

"일본으로부터 영국을 떼 낼 생각이오?"

그리고 대답을 들었다.

"그 이상이오. 현재 정세대로라면 우린 더 많은 것을 얻을 수 있소. 어쩌면 이것은 위기가 아니라 큰 기회일 수 있소."

바둑판같은 세상이었다. 대세에 휘말려 판 위에 놓인 돌들이 죽어야 할 판에, 돌 하나가 껴들어 그 돌을 살리고 상대 돌들을 죽일 수 있었다.

김홍집의 계획을 듣고 김인석과 장성호가 감탄했다. 그리고 그에게 넘겨진 사진이 외부의 이범진에게 전해졌다.

러시아가 일본과 동맹을 맺고 조선을 노린다는 사실에 크게 충격 받았다.

더 이상 이범진은 러시아를 믿지 않았다.

영국 공사인 조던이 조선 정부의 부름을 받고 외부 관아로 왔다. 그리고 그곳에서 생각지도 못한 사진으로 러시아와 일본의 동맹을 목격했다.

탁자를 두고 조던과 마주앉은 이범진이 일본의 배신을 조던에게 알렸다. 조던의 눈동자가 떨리고 있었다.

"보듯이 아라사와 일본이 동맹을 맺었소. 귀국의 방심을 유도하기 위해서 일부러 공표하지 않았소. 그 이유는 앞서 말했던 대로요. 기습을 벌여 조선을 양분하려는 계획으로 일본이 영길리의 적과 힘을 합치고 있소."

이범진의 이야기를 듣고 조던은 다시 사진을 보면서 생각에 잠겼다. 어떻게 사이온지의 집에서 찍은 사진을 구했는지 알 수 없었다.

그저 일본과 러시아의 동맹을 의심했다.

그는 현실을 부정했다.

"말도 안 돼. 물론 조선 외부대신이 말한 대로라면 충분히 일본이 러시아와 동맹을 맺을 수 있소. 그러나 우리와의 적대 관계를 감수하고 감히 그럴 수 있단 말이오? 어찌 쉽게 조선 정부의 주장을 믿을 수 있겠소?"

조던의 이야기를 듣고 이범진이 탁자 위의 사진을 밀면서 말했다.

"그러면 이걸 가지고 일본 정부에 문의하고 먼저 따지시오. 아마 그런 일이 없다고 답변할 거요. 그때 이 사진을 증거로 보여주시오. 우리가 확보했다는 말을 하면 분명 이 사진이 조작되고 날조된 것이라 할 테니, 영길리에서 확보된 증거라 말하면 바로 변명할 수 없을 거요. 어떤 거짓말로 사실을 지워야 할지, 고민하며 시간을 보내다가 이상한 대답을 할 거요. 아니면 아예 무시로 대응할 수 있소. 영국 정부에서 직접 확인하시오."

"……."

조던은 떨리는 손으로 이범진이 넘겨주는 사진을 받았다. 그리고 그것을 가지고 공사관으로 돌아갔다.

며칠 뒤 그가 취했던 사진은 바다 건너 일본의 영국 공사관으로 향했다.

동경주재 영국공사가 사이온지를 만나 따지듯이 물었다. 찻잔을 들었던 사이온지는 잔을 떨어트릴 뻔했다.

"어째서 러시아와 동맹을 맺었소?"

"……?!"

"공표하지 않았지만 이미 다 알고 있소. 솔직히 대답하시오."

공사의 물음에 숨소리가 심하게 거칠어졌다.

흔들리는 모습을 보이면 바로 의심 받을 수 있었다.

사이온지가 애써 침착한 모습을 보이며 입꼬리를 끌어당겨 미소로 진실을 가렸다.

"무슨 말을 하는지 모르겠소. 우리는 러시아와 동맹을 맺은 적이 없소."

그리고 영국 공사가 사진을 꺼냈다.

탁자 위로 사진을 내놓으면서 사이온지에게 말했다.

"이미 증거가 있소."

'헉?!'

"이 사진에 담긴 풍경을 잘 알 것이오. 왜냐하면 일본 외무대신의 집에서 찍힌 사진이니 말이오. 이걸 보고도 그런 말을 하겠소?"

"……."

"말해 보시오. 우리가 경계하는 러시아와 어째서 손을 잡았소? 어서 대답해 보시오."

"……."

쨍그랑.

찻잔이 깨지는 소리와 함께 정적이 감돌았다. 영국 공사의 물음에 사이온지는 아무 말도 할 수 없었다.

식은땀을 흘리면서 자신의 집에서 찍힌 사진을 봤다. 그

속에는 러시아와 체결한 동맹 조약문이 담겨 있었다.

'이걸 대체… 어떻게 구한 거야……?'

무슨 말로 진실을 가려야 할지 알 수 없었다.

동맹 기한이 정해져 있다는 것도 설명할 수 없었다.

그것은 조선을 상대로 개전한 후, 러시아와의 동맹이 밝혀졌을 때 영국을 상대로 준비했던 대답이었다.

그때 답해야 영국은 러시아의 남진을 막기 위해 일본을 도울 것이라고 생각했다.

미리 막을 수 있을 때의 전략과 어쩔 수 없이 차악을 택하는 전략의 차이는 명확했다.

사이온지를 비롯한 일본 정부는 영국이 차악을 선택하도록 만들려고 했다. 그러나 그 계획이 일그러졌다.

떨어져서 깨진 찻잔이 두 나라의 어긋난 신뢰를 보여주는 것 같았다.

영국 공사가 작심하며 사이온지에게 영국 정부의 입장을 전했다.

"대영제국을 대표하는 전권 공사로 귀국 정부에 포고하오. 러시아와의 동맹은 명백히 영국의 국익을 해치는 일인바, 지금부터 전략적 오판을 벌인 귀국의 행동에 대해 대가를 치르게 만들 것이라는 것을 경고하는 바오. 오늘 일을 절대 잊지 않겠소."

"맥…맥도널드 공사! 맥도널드 공사! 이런, 빌어먹을!"

경고를 전하고 주일영국 공사가 집무실에서 빠져 나가

버렸다. 그리고 사이온지는 욕설을 뱉으며 당장 벌어진 일을 어떻게 수습할 지 생각했다.

그러나 도저히 수가 떠오르지 않았다.

어떻게 길을 내야 할지 앞이 보이지 않았다.

"제기랄… 어떻게 이런 일이……!"

그와 함께 '집에 조약문이 있다는 사실을 어떻게 알았을까'라는 생각이 일어났다. 비밀을 지키기 위해 집사에게도 알려주지 않은 중요 문서였다.

절대 알려질 수 없다고 생각한 비밀이 샌 상태였다.

야마가타와 대신들에게 뭐라고 이야기해야 할지 떠오르지 않았다.

그러나 일본을 위해서 사실대로 알릴 수밖에 없었다.

"이 사실을 어찌 전한단 말이냐……."

어려운 발걸음을 하며 태정관으로 향했다. 그리고 야마가타를 비롯한 다른 대신들에게 사실을 알렸다.

그들은 보고를 듣고 큰 충격에 빠졌다.

"영국이 알고 있다고?"

"그렇소……."

"놈들이 그 일을 어찌 아는 거요…? 절대로 알 수가 없는데?"

"모…모르겠소… 하지만 확실히 알고 있소… 그래서 외무성으로 와서 직접 경고를……."

"그럴 리가!"

"믿기 힘들지만, 영국이 알고 있소. 때문에 어떤 조치가 내려질지 알 수가 없소. 미리 대비해야 하오."

"맙소사……!"

국제 결제로 사용되는 화폐는 여러 가지다.

하지만 그 중에서도 파운드화를 최고로 여겼다.

일본은 미국에 의해 개항됐으면서도 파운드화에 의해 물가가 좌지우지되고 있었다.

당장에 영국이 일본을 상대로 보복할 수 있는 수단은 얼마든지 있었다.

또한 해가 지지 않는 나라, 영국의 군사력은 실로 세계 최강이었다.

일본이 영국의 보복을 걱정하고 있을 때, 태정관 회의실로 관리가 들어왔다.

그리고 총리 비서실장에게 조심히 말했다.

인기척과 작은 목소리에 대신들의 이목이 집중됐다.

비서실장의 표정이 일그러지고 있었다.

"무슨 일인가?"

야마가타가 물었고 비서실장이 힘들게 입을 열었다.

"그…그것이……."

비서실장이 전하는 이야기를 듣고 회의실에 있던 모든 사람들이 뒤집어졌다. 야마가타가 보고 받은 이야기는 유신을 이룬 다른 두 사람에게도 전해졌다.

이토가 이노우에와 함께 자신의 집 후원에서 함께 차를

마시고 있을 때였다. 그의 집으로 외무성의 관리가 찾아왔고 집사의 안내를 받아 두 사람과 마주했다.

잔뜩 굳어 있는 표정을 보고 이노우에가 물었다.

"무슨 일인가?"

관리가 어렵게 입을 열어 태정관에 전해진 소식과 같은 소식을 알렸다.

그의 목소리가 떨리고 있었다.

"영국이… 조선과… 동맹을 체결했다고 합니다……!"

"뭐라고?"

"우리가 러시아와 동맹을 체결한 사실을 알았습니다."

"……?!"

놀란 이노우에와 이토가 동시에 자리에서 일어났다. 탁자 위에 놓인 찻잔이 흔들리며 아래로 떨어져 깨졌다.

숨죽인 두 사람이 한동안 서서 아무 말을 하지 못했다.

영국의 제재가 어느 정도 있을 것이라는 생각을 했다.

그러나 조선과 동맹을 맺을 것이라는 것은 전혀 생각하지 못했다.

그로 인해 두 사람의 예상이 완전히 엇나가 버렸다.

"교활한 조선인 놈들! 이런 식으로 우리 전략을 망가뜨리다니! 이대로라면 미국과 영국의 지원으로 우릴 앞서게 될 거요! 이제 시간은 우리 편이 아니오!"

일본이 보인 빈틈을 조선이 파고들었다.

조선과 영국이 동맹 체결을 하고 만국에 두 나라의 관계가 새롭게 정립되었다.

조선 외부 관아에서는 조던과 이범진의 조인식이 이뤄졌다. 두 사람이 악수하고 서로 조약 문서를 주고받는 모습이 조선 신문기자들의 사진기 속에 담겼다.

불빛이 번쩍이며 두 사람의 환한 미소가 필름에 새겨졌다.

다음 날 영국과 동맹을 체결한 사실이 전국 만백성에게 전해질 예정이었다. 이범진이 다시 조던과 악수하며 두 나라의 번영이 함께 할 수 있기를 소망했다.

"대영제국과 대조선국의 번영이 계속 이어지길 원하오. 이제부터 조선은 영국과 전략적 목표를 함께 이룰 것이오. 영국의 전장이 곧 조선의 전장이오."

싸워줄 수 있는 존재인지 더 이상 의심하지 않았다.

조던은 조선의 전장이 곧 영국의 전장임을 알렸다.

이제 조선의 뒤를 영국이 지켜줄 것이라고 세계만방에 알렸다. 그들은 함께 국익과 운명을 공유하며 새롭게 우의를 다졌다.

새로운 음모를 꾸미다

"오오! 저 몸 좀 봐!"

"뭔가 묵직해! 저 정도면 황소와 싸워도 이길 수 있겠어!"

"분명 한양에서 최고의 씨름 실력을 가졌을 거야! 아니, 조선 최고의 역사야! 누구도 힘으로 저 사람에게 이길 수 없겠어! 우승은 결정됐어!"

"우와~! 대단하다!"

"이야~!"

단상 위에 사람이 올라왔다.

그는 몸에 다진 근육을 뽐내는 육체미(肉體美) 대회에 출전한 백성이었다.

본래 좋은 신체를 갖고 있는데다가 집 짓는 일을 하면서 자연스럽게 근력을 키운 사람이었다.

그는 심사 위원들 앞에서 정해진 자세를 잡으며 몸의 근육들을 밖으로 밀어냈다.

듬직한 체구에 커다란 근육들이 튀어나와 사람들의 시선을 끌어 모았다.

사람들은 그 모습을 보며 천하장사가 되기에 부족함이 없는 사람이라고 여겼다.

곧 모두가 심사 위원들의 점수 발표를 기다렸다.

채점표에 점수가 써지자 대회운영 관리가 채점표를 거둬서 평균 점수를 냈다.

그리고 목청 좋은 관리가 크게 외쳤다.

"9.17점!"

"오오! 역시 1등이다!"

"와아아아~!"

점수를 듣고 백성들이 환호했다.

그리고 남은 참가자들은 더 이상 볼 필요가 없다고 생각했다.

그러나 아직 세 사람이 아직 남아 있었다.

그중 두 사람은 이미 의욕을 상실했다.

함께 순서를 기다리는 옆 사람 때문이었다.

곧 두 사람은 대회 진행을 돕는 관리에게 기권의 뜻을 밝했다.

"저… 기권하겠습니다."

"저도요… 저도 그만두겠습니다."

갑작스런 기권에 관리는 당황했다.

그러나 담담하게 두 사람의 기권을 본부에 알렸다.

충분히 그럴 수 있다는 생각으로 두 사람의 마음을 이해한 것이다.

그리고 남은 대기자 한명이 단상 위로 오를 준비를 했다.

사회를 보는 관리가 백성들에게 크게 외쳤다.

"남은 두명의 참가자가 기권하면서 마지막 참가요! 제중원에서 병자들을 보살피는 의남(醫男)! 간호 과장, 이동현이오! 박수를 부탁하오!"

"오오오오~!"

마지막 참가자가 동현이었다.

그에게 입장료를 내고 대회를 관람하는 백성들이 환호했다.

관객의 환호를 받으면서 동현이 단상 위에 올랐다.

그러자 큰 저택을 빌린 대회장의 풍경과 경악하는 관객들의 표정이 한눈에 들어왔다.

그는 관객의 표정을 보고 우승을 직감했다.

그리고 사람들에게 진정한 건강미가 무엇인지 보여주고자 했다.

진행자가 목소리를 떨며 크게 외쳤다.

"이…일번 자세! 참가자는 속히 일번 자세를 취하시오!"

자세를 취하라는 말을 듣고 동현이 미소를 보이며 포즈를 취했다.

'흡!' 하는 소리와 함께 하박을 상박으로 끌어당기고 팔을 들었다.

그러자 사람들의 눈이 휘둥그레 졌다.

여태 본적 없었던 근육의 형태와 크기를 보게 됐다.

객석 곳곳에서 경악과 경탄이 흘러넘치기 시작했다.

"저…저게 뭐야?!"

"설마 근육이야? 저게?!"

"저렇게 두꺼운 알통은 처음이야!"

"우와!"

이어 두번째 포즈를 취했다.

이두근을 보여준 상태에서 허리를 틀면서 등을 보여줬다.

그러자 역삼각 형태의 상체가 사람들의 눈에 새겨졌다.

"헉?!"

경탄하는 소리가 곳곳에서 울려 퍼졌다.

이미 심사를 마친 다른 참가자들도 눈을 번쩍 뜰 정도로 동현의 신체는 독보적이었다.

단순히 근육이 튀어나올 것 같이 크기만 한것이 아니라 배엔 6조각의 근육 덩어리가 박혀 있었고 팔뚝의 근육에서는 핏줄이 꿈틀대고 있었다.

온몸에 기운이 넘쳐흐르는 모습이었다.

그 모습을 보고 관객들이 진짜가 무엇인지 알게 됐다.

'이게 진정한 육체미구나!'

'저 허벅지 좀 봐! 저렇게 두꺼운데 세세한 근육까지 꿈틀거리다니!'

'이 남자다! 이 남자야 말로 조선 최강의 남자야!'

"와아!"

하늘 위에 더 큰 하늘이 있었다.

동현을 보고 사람들은 그의 신체야 말로 최고의 몸이라고 생각했다.

고민할 필요 없이 심사위원의 손이 빠르게 움직였다.

그리고 채점표에 점수가 매겨지면서 동현의 점수가 발표됐다.

사회자가 점수표를 받고 환하게 웃었다.

"10점! 10점이오! 이것으로 우승이 확정되었소!"

"오오!"

"역시 우승이다!"

"와아아!"

사람들이 환호를 보냈다.

우승을 차지한 동현도 크게 기뻐했다.

그는 다시 포즈를 잡으면서 사람들에게 멋지게 가꾼 신체가 무엇인지 보여주고 서비스했다.

그리고 대회장에 있던 기자들이 그의 몸을 사진으로 찍

었다.

다음 날 신문으로 한양의 모든 백성들이 육체미 대회가
있었다는 것을 알게 되었다.

우승자가 누구인지 알게 되었고 신문에 담긴 사진으로
어떤 형태로 몸을 가꿔야 하는지 알게 됐다.

버려진 신문을 통해 여인들도 동현과 남자의 육체미에
대해서 알게 됐다.

동현은 다시 출근해 제중원에서 환자들을 보살폈다.

지나가는 의녀들이 그를 힐끔힐끔 쳐다봤다.

"음?"

"……?!"

"혹시, 할 말이라도 있습니까?"

"아…아닙니다!"

동현의 물음에 의녀들이 얼굴을 붉혔다.

그녀들의 시선은 자연스럽게 동현의 팔뚝으로 향했다.

동현이 그녀들과 눈을 마주칠 때마다 의녀들은 부끄러워
하며 도망가거나 고개를 돌렸다.

동현은 그 사실을 점심 식사 중 김신에게 말했다.

동현의 이야기를 들은 김신은 현재 제중원의 분위기를
알려줬다.

동현이 의녀들에게 꽤나 인기가 있다는 것이다.

"자네. 꽤 인기가 있더군."

"네?"

"육체미 대회에 나가서 우승을 차지했지? 그 명성에다가 자네 신체는 누가 보더라도 매력적이지, 간호사들에게 친절하기까지 하니 호감이 생길 수밖에. 일 외에 몸 가꾸는 데에만 집중하는 자네가 잘 모르는 것 같아서 알려주는 거야."

김신의 이야기를 듣고 동현이 주위를 돌아봤다.

음식점 안의 사람들이 힐끔힐끔 자신을 쳐다보고 있었다.

그리고 한 백성이 가게에 들어왔다가 동현을 보고 크게 놀랐다.

앞으로 와서 인사하며 말을 걸었다.

"혹시, 이번에 육체미 대회에 나가셨던 간호 과장님이십니까?"

"그렇습니다만?"

"오오! 이렇게 뵙게 되다니…! 저번에 대회를 관람하다가 과장님의 건강미를 보고 감동 받았습니다! 뵙게 되어 영광입니다!"

"저야말로 영광입니다."

"저 혹시……."

"……?"

"저도 과장님처럼 몸을 키울 수 있겠습니까? 비법이 있다면 자세히 알고 싶습니다."

대회를 관람하고 꽤나 감동 받은 듯했다.

동현이 김신과 함께 식사하는 사람들을 보고 웃으면서 남자에게 대답했다.

"비법이 있지만, 지금은 식사 중이라서 알려드리기 힘들 것 같습니다. 하지만 저의 운동법을 사람들에게 알리고 싶어서, 혹시 책으로 내게 되면 그 책을 읽고 단련하시면 될 것 같습니다. 응원 감사합니다."

그는 남자에게 감사의 인사를 전했다.

동현과 이야기를 나눈 남자는 유명인과 얼굴을 마주하고 이야기했다는 사실에 뿌듯해했다.

이후 자신의 자리로 가서 국밥을 주문하고 식사를 했다.

동현과 김신이 숟가락으로 밥을 뜨는 동안에도 수시로 사람들이 와서 아는 척을 했다.

그렇게 힘들게 식사를 하고 제중원으로 와서 환자들을 살피기 시작했다.

점심 식사를 마친 환자가 동현으로부터 주사를 맞을 때 웃으면서 이야기했다.

"오늘 점심 때 나온 국의 쇠고기가 간호 과장님이 대회에서 상으로 받은 쇠고기라고 들었습니다. 정말 맛있게 먹었습니다. 감사합니다."

동현은 환갑이 조금 넘은 환자의 감사에 쑥스러워하면서 멋쩍은 미소를 지었다.

그리고 오히려 몸을 회복해가는 환자에게 감사하다는 말을 했다.

다른 환자들까지 살피고 병실에서 나왔을 때 '와장창'하는 소리가 나면서 소란스러워졌다.

"뭐야? 무슨 일이야?"

"죄…죄송합니다!"

"이런! 약병들이 깨졌네! 대체 어떻게 옮기다가 사고를 친 거야?! 확!"

"꺄악!"

제중원에서 의술을 배우고 막 의사가 된 자가 페니실린이 담겨 있던 깨진 유리병을 간호사에게 휘둘렀다.

이미 간호사의 뺨은 붉게 달아올라 있었다.

그 모습을 보고 사람들이 크게 놀랐다.

멀리서 그걸 본 동현이 달려와서 다시 손을 휘두르려던 의사의 손을 잡았다.

그의 행동에 의사가 적잖게 놀랐다.

"간호 과장?"

"무슨 짓입니까?"

"간호 과장은 비키시오. 귀한 약들을 버리게 만들었으니 혼쭐이 나야 하오. 어서 비키시오."

"비킬 수 없습니다."

"뭐요?"

"아무리 귀한 신약이 담긴 병을 깨트렸다 해도 이런 식으로 폭행을 가합니까? 정말 기품이 없는 행동입니다."

"이게… 과장이라고 봐줬더니……!"

동현의 지적에 의사가 분노했다.

그는 자신이 가한 폭행의 정당성을 찾아 동현의 체면을 깎아내리려고 했다.

"가재는 게 편이라더니! 지금 간호 과장이라서 간호사를 감싸는 겐가?! 신약을 버린 책임을 어떻게 지게 할 겐가?! 이렇게라도 혼쭐을 내야, 다음에 잘못을 저지르지 않지! 아니 그러한가?!"

그 물음에 동현이 목소리에 힘줘서 말했다.

"혼내지 않아도 잘못한 것을 알고 있습니다. 그리고 이런 실수를 용서해줄 수 없으면, 앞으로 의원님이 수술 도중에 환자를 죽였을 때 제가 폭행해도 되겠습니까?"

"뭐야?!"

"신약을 버리게 한 실수보다 사람을 죽인 실수가 더 큽니다."

"이 새끼가 감히…! 간호 과장 따위가 하늘같은 의원에게 대들어?!"

동현의 항의에 의사가 더 크게 분노했다.

주먹을 쥐고 휘두르고 싶었지만 건장한 체격을 지닌 동현에게 함부로 할 수 없었다.

그때 곁에서 발걸음이 일어났다.

사람들의 이목이 집중된 곳에 김신이 있었다.

그는 간호사를 폭행한 의사에게 다가와 정강이에 발길질을 가했다.

"큭!"

"네놈이 지금 무슨 짓을 벌였는지 아는가?"

"교…교수님?!"

"사람을 살려야 할 손을 감히 간호사를 때리는 데에 써먹어?! 네놈이 그러고도 의원인가?!"

"…죄송합니다!"

"네 말대로, 본보기를 보여주마! 교수회의 때 네놈의 의원 자격 박탈을 건의할 테니, 그리 알라! 네놈은 신성한 백의를 입을 자격이 없어!"

"교…교수님……?!"

"간호 과장! 당장, 이 산송장을 치우시오!"

"교수님 잘못했습니다! 교수님!"

김신의 호통에 인성 고약한 의사가 무릎을 꿇고 손을 비볐다.

옆으로 물러난 동현은 그를 내려다보면서 통쾌히 여겼다.

뺨을 맞았던 간호사는 조금이나마 마음에 새겨진 상처를 지울 수 있었다.

잘못을 빌고 망신이란 망신은 다 받고나서야 김신은 문제를 일으킨 의사를 용서해주었다.

"다시는 그 손을 더럽히지 마라! 그리고 간호사도 우습게 여기지 마라! 직책은 달라도 우리와 함께 힘을 합쳐서 환자를 살리는 사람들이다! 고귀함에 있어서는 선후를 가릴 수 없다! 알겠나?!"

"예…! 교수님!"

김신은 옆에 있던 동현에게 눈짓을 준 뒤 의원실로 향했다.

그리고 동현은 무릎을 꿇은 채 벌벌 떠는 의사를 흘겨보고 그에게 맞은 간호사를 살피기 시작했다.

뺨을 어루만지면서 물었다.

"괜찮소?"

"네…….'

"혹시 다른 뺨도 맞았소? 이쪽도 빨간게…….'

"아, 아니에요…….'

"……?"

"죄송합니다… 이거 빨리 치우고 일하러 가 볼게요. 죄송합니다."

양볼이 빨겠다.

간호사가 당황하며 땅에 깨진 병을 치우고 동현에게 인사했다.

그리고 쏜살같이 어디론가 향했다.

그녀의 뒷모습을 유심히 지켜보던 동현은 다음에 만나면 기운을 북돋을 수 있는 말을 해주어야겠다고 생각했다.

그리고 과장실로 향하려 했다.

그때 김신에게 한 의사가 와서 소식을 알렸고 김신이 동현에게 왔다.

미리 예약된 환자가 있었다.

"지금 왔다는군."

"청나라에서 온다던 환자 말인가요?"

"그래. 그리고 청나라 청도 병원에서 일하는 독일 의사들까지 왔어. 수술할 때 참관할 수 있도록 허가를 받았다고 하네. 난 환자를 보고 있을 테니 검사를 준비하게. 검사가 끝나면 수술 날짜를 잡을 것이네."

"알겠습니다. 교수님."

맥주 장사로 부를 거머쥔 부호가 한양에 찾아오면서까지 여식을 수술시키려고 했다.

그 여식은 어미 없이 홀로 키운 유일한 자식이었다.

그리고 세상의 비난을 받을 이유가 없음에도 손가락질을 받으며 고통의 날들을 보내고 있었다.

진료실에 앉은 여자아이를 김신이 보고 놀랐다.

배가 남산만 했다.

아이의 아비가 허리를 굽히며 치료를 부탁했다.

김신이 조심스럽게 아비에게 물었다.

"혹, 임신입니까?"

통역원을 통해 질문을 받고 아비가 대답했다.

"아닙니다."

"그러면 어째서 이렇게 되었는지 짐작되는 것이 있습니까?"

"모르겠습니다. 하지만 의원님께 말씀드리자면 제 여식

은 아직 월경을 한 적이 없습니다. 나이도 8살밖에 되지 않고요. 임신할 수 없는데 임신한 것처럼 되었습니다. 그래서⋯⋯."

"손가락질을 많이 당했겠군요."

"예⋯ 그러니 부디⋯ 치료해 주십시오. 부탁드립니다⋯⋯."

아비의 눈가가 촉촉했다.

그의 여식은 동무들로부터 놀림과 괴롭힘을 많이 받았는지 주눅 든 모습으로 주위를 힐끗힐끗 쳐다봤다.

김신이 청진기로 아이의 배를 진찰했다.

아비가 긴장된 모습으로 그가 진찰하는 것을 지켜봤다.

김신은 진찰을 한 후 알겠다는 듯이 고개를 끄덕였다.

그리고 아비에게 물었다.

"청나라에도 좋은 의사들이 많았을 텐데, 어찌 이 먼 곳까지 오셨습니까?"

다소 격앙된 목소리로 아비가 말했다.

"청나라에서 일하는 의원들은 서양 의원들까지 포함해 모두 돈의 마귀들입니다. 사람 목숨으로 그렇게나 장사할 수 없습니다. 그리고 조선의 제중원이 최고라 들었습니다. 의원님의 명성이 청나라에까지 전해져 있습니다. 그래서 조선에 왔습니다."

"그렇군요. 알겠습니다. 일단 검사를 받고 수술을 해야겠습니다. 제 예상대로라면 분명히 나을 수 있을 겁니다.

그러니 걱정하지 마십시오."

몸에 칼을 댄다는 말에 청나라 상인이 크게 긴장했다.

하지만 그 수밖에 없다는 말을 듣고 아이를 김신에게 맡기기로 했다.

그후 아이의 피를 뽑아 혈액형 검사를 하고 혈압을 확인했다.

맥박을 재면서 심장에 문제가 있는지를 확인한 뒤 다시 진찰기로 배에서 울려 퍼지는 소리를 들었다.

재 진찰을 하고 김신이 아비에게 통보했다.

"수술하겠습니다. 그리고 수술 후에 연이는 다른 아이들처럼 될 겁니다."

이틀 뒤, 오전부터 수술에 들어갔다.

수술대 위에 누운 아이의 입에 마개를 씌우고 의식을 잃게 만들었다.

김신과 팀을 이루는 의사들이 보조했고 동현이 곁을 지키면서 김신을 도왔다.

2층 참관석에 청나라에서 온 독일 의사들이 앉았다.

그들을 올려다보고 김신이 메스를 들고 아이의 배를 갈랐다.

그 안에서 형태가 이상한 물체가 모습을 드러냈다.

"저게 뭐야?"

"태아 아냐?"

"분명 월경을 한 적이 없다고 들었는데……?"

"저런 어린 아이의 뱃속에서 어떻게 죽은 태아가 나올 수 있지?"

"맙소사……!"

관람하던 독일 의사들이 경악했다.

그들은 아이의 차트를 확인하고 뱃속을 채운 것이 종양 덩어리라고 생각했다.

하지만 김신은 미리 알고 있었다는 듯이 죽은 태아를 꺼내고 능숙하게 아이의 배를 봉합했다.

그의 신속한 움직임에 다시 독일 의사들은 감탄했다.

그러나 그것이 끝은 아니었다.

"세상에, 안에서부터 봉합하고 있어!"

"어째서 저렇게 하는지 알겠어! 봉합 흉터를 만들지 않으려고 하는 거야!"

"이 미개한 나라에 저런 의사가 있었다니!"

청나라까지 전해진 김신의 명성을 확인했다.

수술 흉터를 최소화하기 위해 배려하는 김신을 보고 독일 의사들이 감탄하고 다시 감동했다. 그리고 수술을 시작한 지 고작 한시간 만에 수술이 끝났다.

수술을 마친 아이가 병실로 이송됐다.

아이의 아비가 김신에게 와서 수술 결과를 물었다.

"어…어떻게 됐습니까?"

마스크를 벗은 김신이 환하게 웃으면서 아비에게 말했다.

"잘 끝났습니다. 그리고 안에 죽은 태아가 있었는데 적출이 잘 됐습니다. 다른 장기를 간섭하지 않았습니다."

"잠시만요… 태아라니요……?"

"아마 쌍둥이였을 겁니다. 부인께서 연이를 잉태했을 때 분명히 쌍둥이로 잉태했는데, 한 태아가 죽으면서 연이의 몸으로 들어간 겁니다. 그래서 임신한 것처럼 보인 겁니다. 이제 연이의 배가 부푼 것처럼 보이지 않을 겁니다."

김신의 설명을 듣고 아비가 깨달았다. 그리고 몇 개월 살지 못한 여식이 있었다는 사실에 매우 안타까워했다.

그러나 무엇보다 더 이상 딸이 괴롭힘 당하지 않고 손가락질 당하지 않아도 된다는 사실이 기뻤다.

그는 허리를 굽히며 김신에게 고마운 마음을 표시했다.

"감사합니다! 정말 감사합니다! 이 은혜 정말 잊지 않겠습니다!"

"아이를 씩씩하게 잘 키워주십시오."

"예! 선생님!"

아마도 그는 앞으로 조신인을 무시하지 않을 것이다.

여식이 무사히 수술을 마치고 마취에서 깨어나자 그 기쁨은 배가 되었다.

딸이 마취에서 깨어나 아비와 시선을 맞췄다.

아이는 힘들게 입을 열어 수술이 끝났는지 물었고 무사히 잘 끝났다는 대답을 들었다.

홀쭉해진 배를 보고 아이가 환하게 웃었다.

그 미소를 보고 아비는 몇 년 동안 경험하지 못했던 행복을 누렸다.

여식의 미소를 위해서 열심히 살고자 다짐했다.

저녁때에 이동현이 아이에게 가서 주사했다.

모든 수술 과정을 지켜봤던 독일 의사들은 과감하게 수술 결정을 내렸던 김신의 자신감이 어디에서 나오는지 찾으려고 했다.

한 의사가 페니실린이 담겼었던 빈 병을 들었다. 그리고 병실을 방문하여 주사를 놓는 간호사들을 지켜봤다.

옆에서 일어나는 인기척에 고개를 돌리자 김신이 보였다.

"인사가 늦었군요. 제중원 외과 교수 김신입니다. 만나게 되어서 반갑습니다."

독일 의사들에게 먼저 김신이 손을 건네면서 악수를 청했다. 그와 만남을 이룬 의사들은 하나같이 그를 진정한 의사로 여기면서 묵직하게 손을 맞잡았다.

김신이 가진 실력에 대해서 궁금증을 가졌다.

"수술 과정을 잘 보았소. 손속이 엄청나던데 어디서 그런 실력을 익혔소?"

"시간이 금이라 생각하면서 연습을 많이 했습니다."

"독일어가 유창하군."

"친구 중에 독일인이 있었습니다."

통역이 필요 없을 정도로 김신의 독일어가 유창했다.

때문에 독일 의사들은 그에게 더 큰 호감을 느꼈다.

그가 주저하지 않고 수술을 택할 수 있었던 자신감의 이유가 무엇인지 알고 싶었다.

"이 병에 있던 것이 감염을 막는 신약이라던데, 맞소?"

"예. 맞습니다. 페니실린이지요. 상당히 많은 균을 멸균할 수 있습니다."

"그래서 수술 감염을 두려워하지 않았군."

"예. 하지만 자주 써서는 안 됩니다."

"어째서 말이오?"

"인간도 질병에 걸렸다가 나으면 똑같은 병에 잘 안 걸리듯이, 균도 같은 약에 익숙해지면 죽지 않게 됩니다. 바로 내성이라는 것이죠. 지금은 페니실린이 잘 쓰이지만 나중에 가서는 새로운 신약, 항생제를 개발해야 됩니다. 물론 그것은 필립제이슨에서 해야 할 일입니다."

김신의 이야기를 듣고 독일 의사들이 고개를 끄덕였다.

내성이라는 개념을 알고 있음에 놀라워했고 김신을 통해서 조선을 새롭게 보게 됐다.

청나라로 페니실린을 가지고 가면 많은 환자들을 치료할 수 있을 것 같았다.

"알다시피 우리는 청나라에서 환자들을 치료하고 있소. 그리고 조선에 감염을 막는 신약이 있다는 소문을 듣고 이렇게 직접 방문하게 된 것이오. 의사로서 사람을 살리는 것에 있어서는 마땅히 힘을 합쳐야 된다고 생각하오."

"옳은 이야기입니다."

"그래서 하는 이야기이지만 혹시 이 신약을 구할 수 있겠소? 우리도 마음 놓고 수술하기를 원하오."

페니실린을 구하고 싶다는 말에 김신이 대답했다.

"안 그래도 개성에 페니실린을 제조하는 공장 완공이 목전입니다. 아시는 분은 아시겠지만 페니실린은 필립제이슨사라 불리는 미국 제약회사에서 만든 신약입니다. 조만간 개성에서 생산이 이뤄지면 조선뿐만 아니라 청나라와 일본, 동남아시아 방면에서도 신약 수출이 이뤄질 겁니다. 제가 미리 말을 전해 놓겠습니다."

"고맙소."

"환자를 살린다는 거룩한 뜻을 함께 이뤄나갈 수 있기를 소망합니다."

이후 의사들이 속한 병원과 주소를 받았다.

김신은 휴일에 장성호를 만났을 때 수출에 관한 이야기를 전해줬다. 그리고 한달 뒤, 개성에서 필립제이슨사의 공장이 완공됐다.

박은성 아래에 있던 화학기술팀의 팀원 중 한 사람이 공장장이 되었고 경영을 맡았다. 그가 단상 위에 올라 직원들과 기자들 앞에서 연설했다.

"그동안 우리는 알 수 없는 질병을 그저 귀신의 능력으로 치부하며 어쩔 수 없는 일이라 여겼습니다. 굿을 벌이기도 했고 제사를 드리기도 했습니다. 하지만 병에 걸린 사람이 나은 적은 없습니다. 나은 적이 있다면 환자의 치유력으로 회복된 것이죠. 이제 우리는 질병의 원인인 균의 존재를 보았고 그 균을 없애는 신약을 조선에서 생산합니다. 필립 제이슨사의 페니실린으로 수많은 환자들을 살리고 이문을 챙길 겁니다."

사진기에서 불빛이 수도 없이 터졌다.

공장장을 맡은 팀원의 이름은 '김충호'였고 겨우 이립에 이르렀을 것 같은 나이였다.

리본을 자르는 의식과 함께 공장이 가동되었다.

미리 페니실린과 생산법을 배운 직원들이 정제된 페니실린을 생산했다.

그들은 서양 의학이 밀려들면서 더 이상 환자를 받지 못해 일터를 잃었던 의원들이었다.

페니실린 덕분에 사람을 살리는 일을 계속 업으로 삼을 수 있었다.

곧 개성 공장에서 제조된 페니실린들은 무수한 병에 담겨서 상자에 차곡차곡 넣어졌다. 이후 화물열차를 통해 한양을 거쳐서 제물포로 보내어졌다.

화물선을 통해 서해 바다를 건넜고, 값을 치른 청도 병원에서 환자를 치료하는 데에 요긴하게 쓰이기 시작했다.

김신에게 페니실린 구입을 문의했던 의사들은 수술 받는 환자에게 페니실린을 투여했다.

그리고 뛰어난 약 효과를 기대했다.

한달이 지났을 때였다.

의술을 배우는 청나라 의원들이 독일 의사들에게 약의 효능을 알렸다.

"페니실린 덕분인지 수술 후에 감염된 환자가 발생하지 않았습니다. 감염을 막는 효능이 대단합니다. 정말 대단한 신약입니다. 더 많은 페니실린을 구입해야 할 것 같습니다!"

감격한 의사들의 입이 근질거렸다.

"주변 다른 병원들에게도 알리세. 페니실린을 투여하면 몇 배가 넘는 환자들을 살릴 수 있네. 우리 공사관에도 페니실린의 효능을 전하세."

"예! 교수님!"

조선을 중심으로 항생제의 효능이 알려지기 시작했다.

그리고 그것은 곧 걷잡을 수 없는 해일로 변했다.

공장 가동을 시작한지 얼마 되지 않았을 때 대량의 페니실린이 주문되면서 청나라로의 수출이 이뤄지기 시작했다.

개성 공장에서 생산된 페니실린은 이내 직원들의 월급과 상여금이 되었고 운영비와 세금과 함께 미국 본사로 보내어지는 금괴로 바뀌었다. 그리고 그 금괴는 성한의 또 다른 사업을 위한 자본이 되었다.

제물포 남쪽 안산 부근에 석탄 발전소가 지어지고 해주와 청진, 울산을 비롯한 공장이 많은 고을 주위에도 전기를 생산하기 위한 발전소가 지어졌다.

그리고 한양과 부산포, 대구, 진주, 울산, 개성, 해주, 평양, 원산에 전차 선로가 부설되면서 3년 안에 운행할 준비를 했다.

울산과 제물포에 IS오일의 정유 공장 시설이 건설되었다. 그리고 제물포와 영등포 사이에 포드모터스 공장이 건설되기 시작했다.

백성들이 신문을 통해 그 사실을 알았다.

"자동차 공장이 부평에 세워진다고?"

"미국 자동차 회사인 포드모터스가 공장을 세운다는데? 공장장은 조선 사람이고 그 외 임원들도 조선 사람이라고 쓰여 있어. 입사하면 적지 않은 월급과 상여금을 받나봐."

"미국 회사인데 조정에 제대로 세금을 낼까?"

"필립제이슨과 비슷하지 않을까? 나는 제대로 세금을 낼 거라고 봐. 어, 여기 쓰여 있네. 조정에 정확하게 세금을 낼 것이라고 쓰여 있어. 그런데 절반밖에 안 내네?"

"세금을 깎아주는 대신 우리나라 회사들에게 자동차 제작법을 가르쳐 준다는데? 이 정도면 쪽발이보다 나은 거 아냐?"

"당연히 낫지! 세상에 어떤 나라와 회사가 그런 비법을 알려주겠어? 두가지 중 하나야. 바보이거나, 생사를 함께 나눌 친구이거나. 나는 생사를 함께 나눌 친구였으면 좋겠어. 미리견이 오랑캐 중에서는 제일 나아."

청나라는 조선을 속국으로 여겼고 일본은 강화도 조약 후에 세금을 내지 않고 조선에서 장사를 했다.

거기에 비해서 필립제이슨을 비롯한 미국 회사들은 정당하게 조선 조정에 세금을 내면서 장사를 했다.

때문에 날이 가면 갈수록 백성들의 호의가 더해졌다.

"그런데 자동차라는 게 뭐야?"

자동차를 잘 모르는 백성들이 대다수였다.

일본과 청나라를 오갔던 백성들은 그나마 두 나라가 빠르게 들여온 자동차를 보고 그것이 어떠한 것인지를 알고 있었다.

자신들만 아는 자동차를 빨리 백성들이 보길 소원했다.

"정말로 말없이 마차가 움직인다니까."

"요술이야, 뭐야? 말은 없는데 마차가 움직이다니?"

"하여튼 그런게 있어. 기계로 움직이는데 석탄이 증기관차를 움직이게 하듯이 기름으로 자동차가 움직여. 이제는 기계가 세상을 지배하는 시대야."

서양인을 그나마 쉽게 접할 수 있는 한양과 부산포의 백성들은 자동차가 석탄과 비슷한 연료로 움직인다는 이야기를 어느 정도 이해했다.

그러나 전주와 같이 농토가 펼쳐져 있는 고을은 아니었다. 신문을 보고도 기계로 차가 움직인다는 것이 이해되지 않았다.

전주에 거주하는 백성이 '호남일보'라는 신문을 읽다가 자동차에 대해서 깨우쳤다.

"이게 자동차야?"

"이 사진에 담겨 있는 게 부평 공장에서 생산 될 자동차라는데······."

"포드 퍼스트··· 애리조나··· 뭐지? 이상한 이름인데?"

"차 이름이 조선 이름이 아니야. 하나는 첫 번째라는 뜻이고 하나는 미리견의 한 고을의 이름이야. 둘 다 미국 이름이라고 쓰여 있어. 이 사진을 보니까 자동차가 어떤 모양인지 알겠어."

4개의 바퀴로 움직이는 수레였다.

그리고 말이 필요 없는 마차였다.

포드의 첫번째를 뜻하는 포드퍼스트와 애리조나 트럭이 기사 사진으로 담겨 있었다.

그리고 백성들은 애리조나에 많은 관심을 나타냈다.

"말 98마리의 힘으로 움직인다고? 그게 사실이라면 엄청나게 많은 짐을 실을 수 있겠는데?"

"이게 짐칸인가 봐. 사람 크기가 이 정도면 상당히 많은 짐을 실을 수 있겠어."

"어떤 건지 직접 눈으로 보고 싶네. 말없이 움직이는 차라니, 이게 진짜인지 확인해보고 싶어."

많은 사람들이 자동차에서 기대와 동시에 의문을 나타냈다. 그것이 정말로 움직이는지 알고 싶었다.

얼마 뒤 제물포항에 미리견에서 온 화물선 한척이 정박
했다. 거기에서 백성들이 경험하지 못했던 신문물이 상륙
하기 시작했다.

대한로드쉽에서 특별히 건조된 화물선에서 포드퍼스트
와 애리조나가 줄 지어 부두 위로 올라섰다.

선수 현문을 통해 빠져 나온 자동차들은 이내 포드모터
스 직원들을 통해서 화물역 승강장을 통해 화물 열차 위로
올려졌다.

단단하게 줄이 메어져서 한양으로 수송되었다.

종로의 한 건물이 조정의 허가를 받고 포드모터스에 판
매되었다. 그리고 그 앞에 몇 대의 포드퍼스트가 주차되고
또 몇 대의 애리조나가 주차되었다.

그곳은 조선에 처음으로 세워진 포드모터스 매장이었
다. 매장 앞에 수많은 사람들이 몰려들었다.

"자동차다!"

"실제로 저렇게 생겼구나!"

"대체 어떻게 혼자서 움직인다는 거야?"

웅성거리는 소리가 소음에 가까웠다.

몰려든 백성들은 회사에 고용된 경비의 저지에 막혀 일
정 거리 이상에 서서 까치발을 들며 세워져 있는 자동차를
구경했다.

그리고 뒤에서 울려 퍼지는 외침을 들었다.

"전하께서 행차하셨다! 어서 길을 열어!"

"전하께서⋯⋯?!"

놀란 백성들이 고개를 이리저리 돌리다가 갈라지는 인파를 보고 급히 뒤로 빠지기 시작했다.

그 사이로 권총으로 무장한 근위병들이 길을 열었다.

안전이 확보되자 마차에서 내린 사람들이 천천히 발걸음을 옮겼다. 맨 앞에 이희가 섰고 그 뒤로 박정양과 김홍집, 장성호가 따라 걸었다.

김인석은 총리부에서 남아 나랏일을 보고 있었다.

농상공부대신인 김가진과 부에 속한 관리들이 함께 따랐고 박은성도 함께 와서 이희의 함께 했다.

백성들이 허리를 굽히며 왕에게 인사를 했다.

속으로 이희를 볼 수 있다는 사실에 크게 기뻐하고 영광을 느꼈다.

'전하께서 이곳에 오시다니⋯⋯!'

'이렇게 가까운 곳에서 전하를 뵐 줄 몰랐어.'

'뭔가 멀게 느껴지는 분 같았는데 이렇게 가까이 계셨구나! 우리들이 있는 곳에 이렇게 친히 자주 오시다니⋯! 정말 감사합니다, 전하!'

'성은이 망극하옵니다! 전하!'

먼 곳에 있으면 마음도 멀어지는 법이었고 자주 볼 수 있다면 그만큼 마음도 가까워지는 법이었다. 원수도 함께 지내다 보면 미운정이 드는 것이 사람이었다.

이희의 행차로 백성들은 왕을 가깝고 친밀한 존재로 여

겼다. 그리고 가까운 만큼 더 크게 충성을 바쳐야 된다고 생각했다.

포드모터스 종로점 지점장이 이희를 상대로 인사했다.

"친히 행차해주셔서 몸 둘 바를 모르겠습니다. 이렇게 뵙게 되어서 영광입니다."

"이 차가 포드퍼스트인가?"

"예. 전하."

"저 차가 소문의 애리조나로군."

"1톤의 화물을 싣고 움직일 수 있습니다. 우마차 4대 분량의 짐을 한번에 옮기는 것은 물론, 길이 평탄하다면 빠르게 달릴 수도 있습니다."

"저 차를 운전할 수 있는 사람이 있나?"

"실장이 운전할 수 있습니다. 교육을 받았습니다."

"과인이 승차해보겠다. 운전 시범을 보여 달라. 친히 애리조나의 성능을 확인할 것이다."

트럭에 이희가 승차하겠다고 말하자 종로 지점장이 바로 대답하지 못했다.

"어째서 답이 없는가?"

"송구합니다… 그게 이 차는 짐을 싣기 위한 차입니다. 짐 중에는 깨끗한 짐도 있지만 더러운 짐도 있을 수 있고, 화물 수송 용도로 쓰이는 차이기에 실내도 그리 좋은 편이 못 됩니다… 그래서……."

"이 차는 누가 보더라도 백성을 위한 차다."

"……."

"공장에서 요긴하게 쓸 수 있는 차고, 이 종로에서 가게를 운영하는 백성들이 자재들을 싣게 될 화물차다. 뿐만 아니라 전시에는 군량과 탄약을 실을 수도 있는데 어찌 비천하고 비루한 차라고 말 할 수 있겠나. 그렇지 않은가? 과인은 백성들의 세세한 곳까지 살필 것이다."

이희의 이야기를 듣고 지점장이 감동을 받았다.

몸을 기울이면서 그의 마음에 탄복했다.

"백성을 생각하시는 전하의 어심을 소인이 미련하여 미처 헤아려드리지 못했습니다. 소인의 죄를 용서하여 주시옵소서."

"죄도 없고 미련하지도 않다."

"성은이 망극하옵니다. 전하."

지점장의 마음이 백성들의 마음이었다.

이희가 한 말들이 가슴에 꽂혀서 백성들에게 큰 감동을 안겨줬다. 그리고 종로지점의 실장이 애리조나에 승차하는 것을 지켜봤다.

이희도 조수석에 승차했고 화물칸에 근위병들이 올라타서 혹시라도 있을지 모를 사태를 대비했다. 조수석 창문이 열렸고 이희가 문 앞으로 장성호를 불렀다.

"광화문 앞까지 다녀오겠다."

"조심히 다녀오소서."

장성호가 운전석에 탄 실장에게 말했다.

"심호흡 한번 하십시오."

"후우~"

"긴장하지 말고 편하게 운전해주십시오. 늘 하던 대로 하시면 될 겁니다."

이희를 옆에 앉힌 실장이 크게 긴장했다. 장성호가 긴장하지 말라고 말했지만 크게 도움이 되지 않았다.

그때 이희가 실장에게 말했다.

"과인이 백성들의 아바라 하지 않더냐. 그러니 과인을 왕으로 여기지 말고 아버지라 여기면서 운전하라. 너는 내 아들이다."

"성은이 망극하옵니다. 전하."

나이도 아비와 자식 같은 나이차였다.

이희의 말에 실장은 그를 아버지라 여기게 됐고 긴장된 마음을 어느 정도 풀고 차 열쇠로 시동을 걸었다.

'부릉'하는 소리와 함께 애리조나가 덜덜 거렸다.

그리고 조금씩 앞으로 움직이기 시작했다.

백성들이 탄성을 터트렸다.

"움직인다!"

"정말로 말없이 움직여!"

짐칸에 올라탄 근위병들 때문에 물러난 장성호가 피식 하면서 웃었다. 그리고 이희가 승차한 트럭이 천천히 종로 밖으로 빠져 나갔다.

넓은 육조거리에서 자동차가 달리기 시작하자 길을 지나

던 사람들이 발걸음을 멈춰 세우고 쳐다보기 시작했다.

이내 신문을 통해서 알게 된 자동차라는 것을 알았다.

"자동차다!"

"조선에서 자동차가 달리고 있어!"

"드디어 조선에도 자동차가 달리구나!"

탄성을 지르면서 조선에 자동차가 달리는 것을 기뻐했다. 그들은 그 차 안에 누가 타고 있는지를 몰랐다.

그저 짐칸에 서서 손잡이를 잡고 있는 근위병들을 알아볼 뿐이었다.

놀라는 백성들의 반응을 보며 이희가 즐거워했다.

그리고 무사히 포드모터스 판매점으로 돌아왔다.

조수석에서 이희가 하차하자 백성들은 기다렸다는 듯이 손을 번쩍 올리며 만세를 크게 외쳤다.

조선에 새로운 문물이 다시 도입됐다.

"만세! 만세! 대조선국 주상 전하 만세!"

"와아아아~!"

백성들의 환호가 남산 너머 경강에까지 이르렀다.

이희는 애리조나를 타고 크게 고무되었고 사람 여러 명을 태우고 가뿐히 길을 달린 성능에 크게 만족했다.

포드모터스 지점장에게 그에 관한 감상을 전했다.

"참으로 힘이 넘쳐나는 자동차다. 과인과 사람들을 그렇게나 태우고 움직일 수 있으니 말야."

"말 98마리의 힘을 발휘할 수 있습니다."

"그런 것 같다. 그리고 과인이 생각했던 것보다 차 안의 상태도 나쁘지 않다. 네 말을 듣고 기대하지 않아서인지 오히려 만족스럽다. 훌륭한 자동차다."

"감사합니다."

이희가 애리조나를 두고 백성들에게 크게 외쳤다.

"미국 자동차다! 그러나 앞으로 조선을 건설할 위대한 자동차가 될 것이다! 그러니 만백성은 들어라! 조선인이 만든 자동차로 조선 땅을 누비며 만나고 배우고 거래하라! 조선은 더 큰 나라가 될 것이며 당당한 독립국이 될 것이다!"

"와아아아~!"

"주상 전하, 만세!"

"만세! 만세! 만세!"

감격에 찬 백성들이 다시 만세를 크게 외쳤다.

이희가 지점장에게 자동차 구입에 대해서 물었고 지점장은 자동차에 대한 설명서와 계약서를 준비했다.

선불과 후불이 나뉜다는 설명을 듣고 궁내부대신인 이경직을 통해서 포드퍼스트와 애리조나를 각각 두대씩 구입했다.

이 차량은 모두 왕실을 위한 차량으로 쓰일 것이다.

이희가 조선에서 최초로 차를 구매한 고객이 되었다.

그가 장성호에게 특명을 내렸다.

"우부총리대신과 농상공부대신과 논의해서 포드모터스

로부터 기술 지원을 받을 회사들을 선별하라. 한양뿐 아니라 조선 팔도를 자동차로 채울 것이다. 그리고 우리도 자동차를 팔 것이다."

"예! 전하! 어명을 받들겠습니다!"

절반의 세금을 내는 조건으로 포드모터스로부터 자동차 기술을 배우기로 했다. 포드모터스의 주식을 성한이 9할이나 가지고 있었기에 그의 회사와 다를 바 없었다.

거기에 경영자인 포드는 미국의 어떤 기업인들과는 다른 인성을 가진 자였다. 직원들에게 높은 임금을 베풀고 다른 회사를 돕는 일에 즐거워하는 인물이었다.

미국 정부에서는 조선 기업이 기술을 배운다고 미국 기업을 이길 것이라 생각하지 않았다.

역사적으로 그런 전례는 결코 없었다.

식민지의 문턱에 놓였던 미개 국가가 열강과 제국을 상대로 국력으로 압도한 경우는 절대 없었다.

그런 편견이 조선의 발전을 낳았다.

공사 중인 포드모터스 공장 공사장에 자동차 제조 기술을 배우려고 조선 기업 사장들이 방문했다.

최만희와 이승훈을 비롯해 기계가공 경험이 있는 회사의 사장들이 찾아왔다.

공장장의 이름은 '윤성현'이었고, 그 또한 박은성 아래에 있던 기술팀원 중 한 사람이었다.

이립에 겨우 이른 윤성현이 두 사장과 악수를 나눴다.

"만나 뵙게 되어 반갑습니다. 이렇게 조선을 건설하는 위대한 경영인을 뵙게 되어 영광입니다."

"모쪼록 우리들에게 잘 가르쳐주시오."

"예. 공생할 수 있도록 최선을 다하겠습니다. 자동차 생산이 어떻게 이뤄지고 어떤 부품이 필요한지 알려드리겠습니다. 그중 사장님들의 회사에서 생산할 수 있는 부품이 있을 겁니다."

미국에서 정밀기계 가공이 가능한 기계 설비를 들이기로 했다.

설비 제작 회사는 '아메리카 팩토리 메이커'였다.

그 회사의 사장은 성한을 따라 미국으로 건너가서 시민권을 따낸 기계공학팀장인 이성철이었다.

조선을 위해 모든 것이 준비되었다.

그리고 최만희와 이승훈을 비롯한 사장들은 미국의 우수한 설비를 도입해 자동차 부품을 생산할 준비를 했다.

해주제철소로부터 강철을 납품 받을 예정이었다.

조선의 공업을 발전시키기 위한 기반이 닦이기 시작했다. 부산포와 울산, 군산, 남포 원산에서 강철 배를 건조하기 위한 조선소가 건설되기 시작했다.

그리고 그 일을 대한로드쉽에서 돕고 있었다.

포드퍼스트 두대 중 차 한대가 왕실을 위한 의전 차량으로 개조되었다.

지붕이 제거되고 뒷좌석 의자도 제거됐다.

그리고 설 수 있는 발판대와 손잡이가 장착되면서 마치 애리조나의 짐칸 같은 모습으로 바뀌었다.

그러나 근본 없어 보이지 않았다.

장성호가 의전 차량을 보고 있는 이희에게 말했다.

"2천년 전의 서양에선 왕이 전차를 타고 전쟁을 치렀습니다. 그 전차가 지금 전하께서 보고 계시는 무개차와 비슷한 형태입니다. 전쟁에서 서양의 왕이 이기면 백성들의 환호를 받으면서 도성에 입성했습니다. 비록 조선이 전쟁을 치른 것은 아니지만 이미 전쟁에서 승리한 것과 다를 바 없습니다. 승차하소서. 신이 전하를 보필하겠습니다."

고개를 끄덕이면서 이희가 무개차(無蓋車)에 당당히 올랐다. 그리고 손잡이를 잡고 근위대에게 말했다.

"조선이 당당한 독립국임을 보일 것이다! 궁궐문을 열라!"

"예! 궁문을 열라!"

문이 열리고 궐 담 너머의 백성들의 환호가 울려 퍼졌다.

검을 차고 말을 탄 근위대가 광화문 밖으로 먼저 빠져 나갔다. 이어서 이희가 탄 무개차가 천천히 바퀴를 굴리면서 나갔다.

박정양과 김홍집, 장성호 등의 대신들이 말을 몰면서 왕의 뒤를 이었다.

무개차에 탄 이희를 백성들이 보면서 함성을 질렀다.

"대조선국 만세!"

"대조선국 주상 전하 만세!"

"조선도 이제 자동차가 있는 나라다!"

"와아아아아~!"

백성들의 함성이 외국 공사관원들의 가슴을 흔들었다.

소리가 너무 커서 천지가 진동하고 있었다.

조선에 자동차가 상륙하고 전차 선로 부설과 정유 공장
이 건설되고 포드모터스 공장 건설이 이뤄지는 사실이 세
상에 알려지고 있었다.

일본에도 그 사실이 전해졌다.

태정관은 조선의 공업 능력이 나날이 발전해간다는 소식
을 입수했다. 공업은 곧 국력이었고 군사력이었다.

"조선에 포드모터스 공장이 지어지고 있소. 더해서 조선
인 사장들이 건설되는 공장을 방문해서 자동차 제작 기술
을 배우기로 했다 하오."

"자동차 제작법을 배우면 곧 기관 제작법을 배우는 일이
오. 그 기관이 어떻게 쓰일 지는 자명하오."

"조선 해안 여러 곳에 조선소가 건조되고 있다 하오."

"함경도 무산에 대형 노천 철광상이 발견되어 조선이 동
양 최대의 강철 생산국이 될 수 있다는 전망이 있소. 이대
로라면 일본이 조선에 뒤떨어질 수 있소. 그 후과가 어찌
될지 총리대신도 잘 알 것이오."

시간이 지날수록 비보만 전해지고 있었다.

조선의 낭보는 일본에겐 곧 비극이었다.

거기에다 근래에 영국이 조선의 동맹국이 되면서 일본은 외교적으로 최악의 길을 걷고 있었다.

각 부 대신들이 모여서 우려감을 나타냈다.

수심이 드리웠고 야마가타의 표정이 좋지 못했다.

그때 외무성의 관리가 회의실로 들어와서 사이온지에게 보고했다.

보고를 들은 사이온지가 미간을 바짝 끌어당겼다.

그 모습을 보고 야마가타가 가슴이 철렁 내려앉는 느낌을 받으면서 물었다.

"무슨 일이오?"

사이온지가 눈치를 보면서 대답했다.

"대한로드쉽에서 건조한 전함을 조선에서 인수하기로 한 것을 기억하고 있소?"

"기억하오. 설마, 그 전함이 일본에 왔소?"

"그렇소. 요코스카에 도착했다고 하오. 사진이 확보되었소. 여기 사진을 보시오."

"……"

탁자 위로 외무성에서 확보된 사진이 올려졌다.

사진 속에 길이만도 135미터에 이르는 전함 8척의 모습이 담겨 있었다.

조선으로 향하기 전에 마지막 보급을 일본에서 하려고 했다. 함수와 함미에 휘날리는 국기를 살폈다.

"성조기로군."

카츠라의 말에 사이온지가 말했다.

"아직 미국의 군함이오. 하지만 조선에 도착하면 조선 해군에 인도될 것이오. 때문에 억류할 수가 없소."

"빌어먹을. 언젠가 이 군함이 일본을 향해서 함포를 조준할 것이오…!"

"절대 경솔히 행동해서는 안 되오."

"똥같은!"

욕을 뱉으면서 카츠라가 분개했다.

그리고 그의 마음이 일본의 모든 대신들의 마음이었다.

야마가타의 심기가 매우 불편했다.

사진 속에 담긴 전함들을 보면서 해군대신인 야마모토에게 물었다.

"조선의 신형 전함이 어느 정도로 예상 되오?"

야마모토가 대답했다.

"부두에 선 사람의 키와 비교했을 때 분명히 큰 전함이오. 아마도 서양의 어떤 전함과 비교해서도 뒤지지 않을 거요. 때문에 방어력은 필시 강력할 거요."

"화력은?"

"다행히 화력은 다소 약할 것으로 보이오. 이 정도 포구의 직경이라면 120미리에서 130밀리미터로 보이는데 인치로 환산하면 5인치 정도일 거요. 9문의 5인치 주포라면 사정거리도 짧아서 충분히 우리 함대가 상대할 수 있는 군함이오. 조선군 군함의 함포는 우리가 청나라와 전쟁을 치렸을 때의 수준에 머물러 있소. 다만 미국에서 건조된 만큼 속력은 빠를 수 있소."

야마모토의 설명을 듣고 야마가타가 고개를 끄덕였다.

화력이 떨어지는 것은 그야말로 불행 중 다행이었다.

때문에 여전히 일본의 해군력이 우위에 서 있다고 생각했다.

손도 댈 수 없는 군함 문제에 관해선 더 이상 생각하지 않으려고 했다.

세밀한 그림보다 큰 그림을 보려고 했다.

조선과 동맹을 맺은 영국의 행동을 주시했다.

사이온지의 실수로 러시아와 동맹을 맺은 사실이 들통났다. 아직 그 실수가 만회되지 않은 상태였다.

계속 눈치를 보는 사이온지에게 야마가타가 어쩔 수 없다는 듯이 물었다.

"영국은 지금 어떻게 하고 있소?"

그 물음에 사이온지가 힘겹게 대답했다.

"그리 좋은 상태가 아니오. 하지만 우릴 상대로 제제하지 않은 것이 그나마 불행 중 다행이오."

"동맹 체결만 하고 만 것이군."

"그렇소. 영국은 어디까지나 러시아의 남진을 막기 위함이지, 우리를 치기 위해서 조선과 동맹을 맺은 것이 아니오. 만약 조선이 부실하다면 그땐 다시 우리에게 손을 내밀 테니까. 하지만 우리가 조선을 상대로 전쟁을 걸게 되면 그땐 영국도 행동에 나설 것이오. 적게는 무역제제부터 크게는 군사지원까지 이뤄질 수 있소. 지금 상황에서 조선을 상대로 전쟁을 치를 수 없소."

그 말에 야마가타가 통탄했다.

오랫동안 일본이 세웠던 전략과 계획이 있었다.

"우리가 국력을 키우지 않으면 끝내 영국과 프랑스, 러시아를 포함한 서양 제국 중 하나가 우리를 정복할 거요. 그리고 러시아가 이미 시작했소. 그동안 그들 나라가 서로 맞서고 있어서 동아시아 지역에 완벽히 손을 뻗는 상태가 아니었지만 이제부터는 다르오. 우리 일본이 살아남으려면 반드시 조선과 만주, 청나라를 정복하고 서양 나라 중 하나와 결전을 치러서 이겨야 하오. 그래야 그들과 어깨를 나란히 할 수 있소. 그 시작이 조선을 정복하는 것인데, 이렇게나 꼬이다니⋯⋯."

"⋯⋯"

"무슨 수를 쓰더라도 조선을 정복해야 하오."

현양사가 궤멸된 것은 조선을 정벌하기 위한 최고의 구실이었다. 그러나 조선 뒤에 미국이 있었고 이제는 영국까지 더해졌다.

메이지 유신 전후로 일본을 이끄는 이념은 생존을 위한 정복이었다. 수시로 '정조론'이 거론됐고 생존의 최소 조건이 조선 정복이었다.

때문에 조선과의 공존을 절대 생각하지 않았다.

모두가 침통한 때에 야마가타가 사이온지에게 물었다.

"이노우에 공과 이토 공은 지금 무엇을 하고 있소?"

사이온지가 대답했다.

"현양사를 대신할 새로운 낭인회를 만들고 있소. 곧 결성이 될 거요. 조만간 이노우에공이 어떤 계획을 세웠는지 총리대신에게 말해줄 거요."

현양사가 궤멸당하면서 일본의 첩보망이 붕괴되었다.

동시에 일본 정부가 나설 수 없는 더러운 일을 맡을 수 있는 무리가 사라졌다.

그런 무리를 이토와 이노우에가 다시 세우려고 했다.

그리고 준비가 거의 끝난 상태였다.

두 사람이 이토의 집 후원에 앉아서 장기를 두고 있었다.

"흑룡회 결성이 사흘 뒤요. 유학생과 지식인, 언론인, 경제인을 망라하고 현양사보다 규모가 더욱 커졌소. 그리고 현양사가 습격 받았던 일 덕분에 회원 모두가 조선에 대한 적개심이 대단하오. 이제 우리가 반격할 차례요."

이토가 놓은 장군을 멍군으로 만들고 역으로 장군을 가했다. 이노우에의 반격에 이토가 말로 길을 막으면서 다시 멍군으로 만들었다.

이노우에가 앞으로의 계획을 물었다.

"미국에 있는 유성한을 죽이려다가 실패했소. 덕분에 여기까지 오게 됐는데 다시 암살 시도를 할 거요? 내 생각에는……."

"안 그래도 나도 그 일에 대해서 고민하고 있소. 그 자와 천군이 가장 문제이지만, 지금에 와서는 그 놈들을 죽여도 과연 일본을 구할 수 있을지 의문이오. 미국이 경제 지원과 기술 지원을 그치지 않을 것이기 때문이오. 그리고 똑같이 암살 시도 하려다가 이번에는 처음부터 역으로 당할 수 있소. 그래서 신중히 생각하고 있소."

정세가 바뀌면서 전략도 바뀌었다.

성한과 천군을 제거하는 것으로 조선의 기세가 꺾이면 다행이었지만 실상은 그렇지 않았다.

때문에 표적을 바꿔야 했다.

고민을 하다가 이토가 이노우에에게 장군을 놓았다.

"이런."

"장군이오. 어떻소?"

"이건… 못 피하겠군……."

이노우에가 지면서 거둬들였던 말을 판 위에 올렸다.

그리고 다시 한판을 두려고 했다.

이토도 함께 말을 올리면서 정 위치에 놓았다.

그때 그의 손길이 잠시 멈췄다. 이노우에가 이토의 행동을 보고 혹시나 하는 생각으로 물었다.

"뭔가… 수가 떠오른 거요?"

이토가 대답했다.

"미국이오."

"미국?"

"현재 조선의 부국강병을 돕는 나라가 어떤 나라요? 바로 미국이오. 동맹을 맺은 영국이 앞으로 어떻게 나올지 모르지만 지금 상태로는 분명히 미국이오. 그런 미국이 조선에게서 떨어져 나온다면 어찌 되겠소?"

"그렇게 되면……."

"조선을 상대로 배신감을 느껴야 하오. 그리고 조선에 대한 지원을 중단하면……."

"그 지원이 우리에게 오겠군."

"영국이 조선을 돕겠지만, 우린 러시아와 미국의 등을 업을 수 있소. 그리고 그렇게 되면 상황은 다시 역전되오. 미국에게서 조선을 떼어내는 것만이 우리가 살아남을 수 있는 유일한 길이오. 그렇게 해서 반드시 조선을 점령해야 하오."

이토의 이야기를 듣고 이노우에가 고개를 끄덕였다.

그들은 조선을 돕는 배후 세력을 제거하기로 목표를 세웠다.

이토가 이노우에의 말 사이로 자신의 말을 밀어 넣었다. 그리고 가장 안쪽에 있는 말 중 치명적인 곳에 있는 말을 자신의 말로 바꿨다.

두 개의 말로 이노우에의 판세가 위급해졌다.

"세키가하라의 전략을 기억해야 하오. 불리한 상황에서 적군이 우리 편으로 돌변하면 역전승을 벌일 수 있소. 우리는 토쿠가와 이에야스를 본받아야 하오."

적을 아군으로 바꾸는 것만큼 최고의 수도 없었다.

조선에 다시 친일파를 세우려고 했다.

일본을 실망시킨 박정양과 김홍집 대신, 진실로 일본에 목숨을 걸 수 있는 자를 찾아야 한다.

두려움과 욕망에 쉽게 흔들리고 누구보다 유능한 조선인이 필요했다. 새로운 배신자가 필요했다.

그 시각, 요코스카 항에서 보급을 마친 신형 전함이 부산에 입항했다.

군기를 바로 세우다

"군함이 들어온다! 조선의 새로운 군함이 오고 있다! 어서 타종해!"

"새 군함이 들어온다!"

"와아아아~!"

함성과 함께 망루에 걸린 종이 크게 울려 퍼졌다.

종소리가 울려 퍼지면서 부산포가 시끌벅적해졌다.

주위에 있던 백성들이 하던 것을 멈추고 바다로 시선을 돌렸다.

요코스카에 새 군함이 도착했을 때 외국 공사관을 통해서 미리 소식이 전해졌다.

그리고 도착일과 도착 시각을 예정했다.

그 시각에 맞춰서 8척에 이르는 군함이 부산항에 정박했다.

부산항 주위를 감싼 백성들이 크게 탄성을 질렀다.

"크다!"

"저 군함이 이제 우리 군함이야!"

"우리도 당당한 군함을 보유하게 됐어!"

함수와 함미에 휘날리는 성조기를 봤다.

그러나 곧 미국을 상징하는 국기가 조선을 상징하는 태극기로 바뀌어 달릴 것이라는 것을 알았다.

미리 부두에 선 기자들이 신형 군함을 사진기에 담으며 단추를 눌렀다.

불빛이 연신 번뜩였고 현문이 열리면서 군함에서 사람들이 하선하기 시작했다.

백성들의 시선이 집중됐다.

"배에서 내리기 시작했어!"

"백색 제복이야! 마치 서양 군인 같아!"

"우리 군함하고 잘 어울려!"

백성들의 환호를 들으며 입항한 군함에서 생도들이 내렸다.

그들은 하나같이 하얀 군복을 입고 있었고 당당한 걸음으로 현문에서 부두로 이어진 다리 위를 걸었다.

그들은 2년 전에 해군사관학교에 입교 했던 생도들이었

다.

그리고 전함 8척 중 1척을 온전히 운용하면서 태평양을 가로질렀다.

나머지 7척은 대한로드쉽사의 직원이 직접 항해해서 부산포에 이르렀다.

그리고 난생 처음 조선의 풍경을 살폈다.

'여기가 조선인가?'

'철도도 보이고 기차역도 보인다. 절대 미개한 나라가 아니야.'

다른 회사에 다니는 친구들 중에는 동양인 전체를 '칭크'라 말하면서 비하하는 자들이 있었다.

그러나 그들은 절대 그러지 않았다.

동양에서 조선이 빠르게 발전하고 있는 것을 회사를 통해서 알고 있었다.

현문 다리를 통해 대한로드쉽의 직원들도 하함하고 있었다.

그들에 대한 존재를 백성들과 기자들이 잠시 확인하고 다시 하함하는 생도들에게 시선을 옮겼다.

부두에 올라선 교관이 앞서 내린 생도들에게 크게 외쳤다.

"당당하게 걸어라! 우리는 조선의 바다를 지키고 백성들을 지키는 당당한 해군이다! 엄정한 자세를 보여라!"

"예! 교관님!"

신순성을 비롯한 생도들이 각을 세우며 부두 위를 걸었다.

그리고 보무당당하게 마중 나온 백성들 앞으로 걸어갔다.

생도들 중에 기자들의 시선을 사로잡는 이가 있었다.

"의화군 마마시다!"

"마마께서 돌아오셨어!"

기자들이 외치자 이내 백성들이 그 말을 알아들었다.

그리고 함성을 지르면서 이강의 귀환을 환영했다.

"의화군 마마셔!"

"마마께서 우리를 지켜주시려고 장교가 되시려 해!"

"왕실에서 백성을 지켜주신다!"

"와아아아!"

우레와 같은 함성이 터져 나왔다.

부산항에 나온 신문 기자들과 마찬가지로 본국에 조선의 소식을 전할 일부 서양인들이 나와 있었다.

그들은 천해를 진동시키는 함성 소리에 깜짝 놀랐다.

조용한 아침의 나라로 알려졌던 조선이 그토록 들끓는 용암 같은 나라인 줄 몰랐다.

이강에게 향했던 기자들의 시선이 마지막으로 현문에서 내리던 한 사람에게 향했다.

그는 해군을 책임지는 자였다.

"해군참모총장이시다!"

"해군참모총장께서 하함하고 계셔!"

"우리에게도 이제 우릴 지켜주시는 해군 제독께서 계신다!"

"이야아앗!"

백성들의 환호에 이원회가 움찔했다.

그저 백성들을 지키기 위한 해군 육성을 위해 해군참모총장이 되었을 뿐이었다.

그러나 그는 조선의 얼굴이 되었고 서양 열강을 향한 백성들의 자존심이 되었다.

그 사실을 깨닫고 그는 입가에 잔잔한 미소를 띠었다.

그리고 어깨가 무거워지는 것을 느꼈다.

다리를 통해 부두 위에 올라섰고 마지막으로 하함해서 백성들을 향해 당당히 걸어갔다.

늙은 신체였지만 노쇠함을 이겨낼 용기와 기운이 넘쳤다.

항구에서 기다리고 있던 장교와 생도의 부모들이 자식을 안고 눈물을 흘리고 있었다.

멀리서 그 모습을 지켜보고 있었다.

육군 장교에서 해군 장교가 된 김학소의 아비가 자식의 어깨를 두드렸다.

"네가 드디어 조선의 바다를 지키는 군인이 되었구나. 충무공을 본 받거라."

"예. 아버지. 소자의 절을 받으소서."

더러운 땅이었지만 개의치 않았다.

하얀 제복을 입은 많은 장교와 생도가 부모를 향해서 바닥에 엎드려 절했다.

그리고 결의를 전했다.

"이제 소자의 목숨은 전하와 나라와 백성들을 위한 목숨입니다. 충성을 다하여 아버지의 자랑스러운 아들이 되겠습니다."

"그래… 그렇게 하거라… 정말 장하구나…….."

무사히 다녀온 것만으로도 만족했다.

그리고 나라와 백성을 위한 군인이 되었다는 생각에 자랑스러웠다.

눈에서 흘러내리는 눈물이 그치지 않았다.

감동적인 모습을 지켜보는 이원회의 입가에서 미소가 지워지지 않았다.

그때, 너무나 듣고 싶었던 목소리를 들었다.

"아버지."

고개를 돌린 이원회 앞에 자식인 윤재가 있었다.

입가에 잔잔하게 머무르던 미소가 진해졌다가 지워졌다.

"윤재야."

"아버지…….."

"이 먼 부산포까지 어인 일이더냐?"

"아버지께서 귀국하신다는 소식을 듣고 왔습니다."

"다음에는 집에서 아비를 기다리거라. 부산포에서 광주까지 거리가 멀다. 네가 고생할까봐 걱정이구나."

"아닙니다. 아버지. 한양까지 가면 기차를 통해서 부산포에 쉬이 올 수 있기 때문에 괜찮습니다. 오히려 뱃길로 멀리서 오신 아버님의 건강이 걱정되었습니다. 하지만 강건하신 것 같아 소자, 다행이라 생각합니다. 정말 뵙고 싶었습니다. 아버지. 못해드린 효도를 지극정성을 다해서 드리겠습니다."

"……"

윤재가 돌아온 이원회에게 큰 절을 올렸다.

그 모습을 멀리서 신문사 기자가 사진기에 담았고 이원회는 자신의 어깨를 잡고 일으켜 세웠다.

그리고 마중 나와 줘서 고맙다고 말했다.

그렇게 가족과 다시 만나 그리웠던 마음을 풀었다.

곳곳에서 울음소리와 웃음소리가 넘쳐나고 있을 때, 위엄에 찬 발걸음 소리가 나면서 사람들의 시선이 돌아갔다.

부산항을 감싼 백성들과 기자들이 숨죽였다.

'전하?!'

"전하께서 오셨다!"

누군가의 외침 한마디에 가족을 만나서 손잡고 포옹하던 생도들도 놀랐다.

그리고 입구에서 걸어오는 이희를 이원회가 봤다.

크게 '쉬어'라는 외침을 전하고 장교들 전원이 차렷 자세를 취하도록 만들었다.

그리고 이희에게 경례했다.

"충성!"

이원회의 경례를 받아준 이희가 그의 수고를 알아줬다.

"무사복귀를 해주어 고맙다. 그리고 조선의 소중한 군함을 무사히 인도해줘서 또 고맙다. 연로한 경을 힘들게 한 것 같아서 미안하다."

"아닙니다, 전하. 신 이원회, 숨이 붙어 있는 한 전하와 조선을 위해서 전력을 다할 겁니다. 그저 전하께서 행차하실 줄 몰라 군기엄정한 모습을 보여드리지 못해서 송구할 뿐입니다."

"귀국한 장교와 생도들이 가족과 먼저 만날 수 있도록 과인이 일부로 행사를 열지 않았다. 이렇게 무사히 돌아온 것만으로도 만족한다."

"성은이 망극하옵니다. 전하."

이희는 돌아온 자들을 먼저 배려했다.

그런 작은 배려에 이원회가 감사했고 장교들이 크게 고마워했다.

허윤을 비롯한 교관들이 이희에게 다가와서 경례했다.

그리고 이희를 보좌하는 김홍집과 장성호, 유성혁과 군부 관리들을 만났다.

이희가 허윤에게 무사히 다녀와서 고맙다고 말했다.

"조선을 위해 먼 미리견까지 다녀와 줘서 고맙다. 이 나라 해군은 경과 해군사관학교 교관들을 통해서 세워질 것이다."

"성은이 망극하옵니다. 전하."

"따로 아프거나 하는 자들은 없는가?"

"없습니다."

"저들만으로 전함 운용을 잘할 것 같은가?"

"저희들은 그저 뒤에서 지켜보기만 했습니다. 전원이 어떤 위치에서든지 제 몫을 발휘할 수 있습니다. 함교와 포탑, 갑판, 기관 등 어떤 곳에서도 지휘할 수 있는 능력을 지녔습니다. 저희들이 유능해서가 아니라 생도들의 의지가 높아서 가능했습니다. 이제 저들만의 힘으로 조선의 바다를 지킬 수 있습니다."

허윤의 이야기를 듣고 이희가 만족의 미소를 띠었다.

그리고 이강에게 다가갔다.

그 또한 한 사람의 아비였다.

이강의 어깨 위로 손을 올렸다.

"생도 이강!"

"관등성명 댈 것 없다. 난 이 나라 통수권자로 온것이 아니라 네 아비로 온 것이다. 무사히 돌아와 줘서 고맙구나."

"아바마마……."

"오직 백성들만을 지키거라."

"예. 아바마마!"

자신을 자랑스럽게 여기는 이희의 마음을 이강이 읽었다.

눈물을 글썽이며 여태 느끼지 못했던 애틋함을 느꼈다.

자식을 격려하고 이희가 시선을 돌렸다.

환호하는 백성들이 있었고 계속 가족과의 시간을 나누는 장교와 생도들이 있었다.

그리고 부두에 정박한 8척의 전함이 있었다.

100걸음을 걸어도 갑판 끝에 이를 수 없을 만큼 큰 함체가 눈에 전부 들어오지 못하고 있었다.

"참으로 크군."

신형 전함에 대한 감상이 불쑥 튀어 나왔다.

뒤에 서 있던 장성호가 곁으로 와서 함께 신형 전함을 살폈다.

그리고 신형 전함에 대한 정보를 알려줬다.

"배수량 15620톤에 135미터의 전장입니다. 때문에 서양의 어떤 군함에 비교해도 큰 군함이고 직렬 증기 터빈 2기가 기관으로 탑재되어서 한시간에 110리 가까이 항해하며 최대 속력을 낼 수 있습니다. 부무장으로 12파운드 단장속사포 6문이 2문씩 3개 포탑 위에 탑재되어 있습니다. 3개 포탑으로 3문씩 탑재되어 있는 9문의 주포는 5인치 구경이라 12인치 구경에 달하는 서양의 거포보다는 작지만, 저희들만이 아는 장약 제조 기술로 서양의 어떤 거포보다 사정거리가 깁니다. 18킬로미터 거리에서 적 함대를 두들길 겁니다. 실로 세계 최강의 전함을 조선이 보유하게 됐습니다. 전하."

"저 군함을 이제 인수해야겠군."

"예. 인수식을 준비하겠습니다."

그토록 소망했던 최고의 전함이었다.

열강이 조선을 넘볼 때마다 바다에서 포격했던 일을 기억했다.

처음에는 대동강을 거슬러 올랐던 '제네럴 셔먼호'가 있었다.

그 후에는 강화도를 공격했던 프랑스 군함과 5년 뒤에 찾아왔던 미리견 군함이 있었다.

마지막으로는 일본의 '운양호'가 불평등한 통상 요구를 위해 강화도 앞바다에서 함포 사격을 가했다.

그 뒤로 20년 가까운 굴욕의 시대를 지냈어야 했다.

강한 전함을 보유하는 것은 다른 나라를 공격할 수 있음을 증명했다.

그리고 그것은 독립의 상징이었다.

비로소 조선은 독립을 이뤄낸 듯했다.

가슴에서 무한한 자부심이 피어났다.

옛 전라좌수영에 해군사관학교가 지어지고 해군부사관학교와 징병제를 대비한 훈련소가 함께 지어졌다.

덩달아 해군 본부가 세워지면서 여수는 조선 해군의 중심이자 전통을 잇는 고을이 되었다.

부산에 해군 장교들과 생도들이 돌아온 지 보름이 지나 해군 본부 연병장에서 계급 수여식이 이뤄졌다.

　500명에 이르는 생도들과 육군에서 해군으로 보직을 옮긴 장교들, 허윤을 비롯한 환웅함의 승조원들이 교관이 되어 오와 열을 맞췄다.

　그리고 귀빈석에는 장교와 생도들의 가족이 있었고 단상에 이희와 군부대신 협판과 관리들이 섰다.

　김홍집과 장성호가 이희를 보좌하고 있었다.

　하얀 제복을 입은 이희가 단상 위에 올라 크게 외쳤다.

　그의 목소리가 천해를 꿰뚫어 도열한 자들의 가슴에 스며들었다.

　생도들의 군모에 금강석 한알이 박혀 있었다.

　"그동안 각고의 노력과 희생이 있었다! 이 나라 조선이! 임진년에 왜적들에게 침략당해 온 땅이 유린되었을 때! 바다에서 충무공이 함대를 지휘하고, 충무공을 따랐던 수많은 군사들이 남해에서 왜선을 격침시켰다! 우리 바다는 적의 피와 조선 백성들의 피로 물들어 있다! 그때 백성들의 피로 나라가 지켜졌음이니, 그랬기에 과인과 조선 만민이 당당히 설 수 있다 여기노라! 충무공의 후예가 된 자들아, 들어라! 나라가 위급해지면 너희들이 피를 흘릴 것이다! 그러나 적은 반드시 죽임을 당할 것이며, 조선의 만세는 영원하리라! 후대 번영이 이어질 것인 바, 너희들이 곧 충무공이 될 것이다!"

연설이 끝나자 장교가 된 생도들이 함성을 질렀다.

"대조선국 해군 만세!"

"만세! 만세! 만세!"

"와아아아~!"

해군사관학교에서 졸업한 1기 졸업생도들이었다.

그토록 영광인 순간이 없었다.

만인의 축하를 받으면서 조선의 바다를 지킬 전사들이 탄생했다.

하얀 천에 가려졌던 현판이 모습을 드러냈다.

현판에는 '단군'이라는 이름이 새겨져 있었다.

그것은 옛 조선의 지도자 전체를 아우르는 말이었다.

"고조선을 다스렸던 단군처럼, 조선의 바다를 다스릴 이름이다. 그리고 창대한 역사를 열어젖히리라."

단군을 필두로 7척 전함의 함명이 새겨진 현판도 공개되었다.

부여를 세웠던 '동명', 옛 고려를 세웠던 '주몽', 주몽의 아들이자 백제를 세웠던 '온조', 신라를 세웠던 '박혁거세', 가락국을 세웠던 '김수로', 옛 고려인으로 발해를 세웠던 '대조영', 신라인으로 고려의 뜻을 이어 나라를 세웠던 '왕건'이 새로운 함명이 되었다.

그리고 현판은 대한로드쉽으로부터 인수된 모든 전함의 함내에 실려 승함하는 장병들이 현문 앞에서 볼 수 있도록 만들었다.

함미에 백색 페인트로 함명이 칠해졌다.

그리고 성조기 대신 태극기가 나부꼈다.

함교에 오른 이원회가 장교들에게 출항 명령을 내렸다.

"남해 방어에 나선다. 출항하라."

"출항!"

기적 소리가 크게 울려 퍼졌다.

그와 함께 단군함과 동명함이 함께 해군 본부에서 출항했다.

2척의 전함이 대해로 나가 조선의 바다를 지키는 동안 4척의 전함은 계속 해군 본부에 정박되었다.

그중 2척의 전함은 본부 옆에 건설된 수리 시설에서 정비하고 있었다.

장교가 충원되었지만 여전히 인원이 부족했다.

그에 관한 보고가 군부와 장성호를 통해 이희에게 전해졌다.

협길당에서 이희가 김홍집과 장성호, 안경수와 마주 앉았다.

장성호가 이희에게 군인이 더 필요하다는 사실을 알렸다.

"전함 8척을 보유하게 됐지만 승조원이 부족해서 2척만 항해에 나서고 있습니다. 평시엔 크게 문제가 없지만 전시엔 치명적인 상황이 벌어질 수도 있습니다. 8척의 모든 전함을 가용할 수 있어야 됩니다."

김홍집이 장성호의 의견에 힘을 더했다.

"대한로드쉽 그리고 방호순양함과 어뢰정 계약도 체결했습니다. 그들 함정이 조선에 당도하게 되면 군함만 존재하고 운용하는 인원이 없을 수 있습니다. 지금이야말로 예전처럼 개병하셔야 됩니다."

"징병을 명하셔야 됩니다. 전하에 대한 백성들의 충성심이 높고 조정에 큰 신뢰를 보이는 지금이야말로 기회입니다. 개병은 곧 조선 수호의 원칙이 될 것입니다."

두 사람이 함께 징병제를 주장했다.

이미 제반사항은 갖춰져 있었다.

여수에 해군부사관학교와 해군훈련소가 있었고 평양 동쪽에 육군부사관학교와 육군훈련소가 건설되었다.

명령만 내려지면 능히 양질의 징집병이 양성될 수 있었다. 그리고 공업능력도 확장되면서 대군을 무장시킬 수 있는 능력을 갖추고 있었다.

이희가 고개를 끄덕이며 두 사람의 뜻에 동의했다.

곧 동석하고 있는 안경수에게 전력 변화에 대해서 물었다. 미리 세 사람이 논의하고 추정 결과를 도출한 것이 있었다.

"군부대신."

"예. 전하."

"지금 육군 전력은 어떠한가?"

"3개 시위 연대, 10개 진위연대로 총 6만여 명입니다."

"개병으로 징병제를 선포하면 병력을 얼마까지 늘릴 수 있나?"

"좌부총리대신과 특무대신과 논의한 바, 병역 기간에 따라 달라질 수 있습니다만, 3년 기준이면 총 상비군만 30만 명에 이를 것입니다. 충분히 그에 해당하는 유지비를 감당할 수 있습니다."

"일부를 해군으로 돌려도 되겠군."

"예. 전하."

30만 명이면 나라를 지키기에 부족함이 없는 병력이었다. 그러나 그것이 끝이 아니었다.

장성호가 전시에 힘을 더할 수 있는 전력을 알려줬다.

그것은 예비군이었다.

"전시에 동원할 수 있는 예비군도 필요합니다."

"정규 현역을 끝내고 전시에 동원되는 군사들을 말인가?"

"예, 전하. 예비군이 있으면 전시에 동원해서 단기간에 병력을 크게 늘릴 수 있습니다. 전역한 해의 다음해에서부터 5년 기준으로 두시면 150만 명에 달하는 상당한 대군을 전시에 확보하실 수 있습니다. 더해서 여자도 군역을 함께 나눈다면 우리 군은 한층 더 강해질 겁니다. 다만 상비군으로 편제되는 것이 아니라, 훈련소에서 기초군사 훈련을 받고 응급 처치법을 배우는 것이라면 백성들이 충분히 납득하고 받아들일 수 있을 겁니다. 그리고 전시에 크나큰 보탬이 될 것입니다. 이는 남자가 여자를 함부로 비하할 수 없는 근거가 될 겁니다."

미래 대한민국에서 군역이 어떻게 이뤄지는지 알고 있었다.

여자도 기본적으로 싸우는 방법을 알아야 한다는 말에 이희가 고개를 끄덕이면서 동의를 표했다.

이미 천군 중 많은 이가 여성이었다.

"경의 의견이 참으로 지당하다. 평시에 남자가 여자를 보호함이 마땅하나 전시에 남녀 구분이 어디 있겠는가. 또한 나라의 운명을 건 총력전을 벌일 때는 어떤 자도 총을 들고 싸울 수 있어야 할 것이다. 경들의 의견대로 징병제를 선포하겠다."

병사 부족을 해결하는 방책을 택했다. 그로써 다시 개병(皆兵)이 이뤄지고 징병제가 선포되었다.

그에 관한 소식이 신문을 통해 백성들에게 전해졌다.

"드디어 징병제가 이뤄지는군. 만 19세가 되면 다음해부터 만 30세까지 입대해야 돼."

"신체가 불편하면 어떻게 되지?"

"신체검사로 등급을 나눈다는데? 등급이 낮으면 6개월마다 다시 검사를 받고 3번 검사를 받아도 통과가 안 되면 기초군사훈련만 받게 된다고 쓰여 있어. 전시에 치안 보조와 구급 보조를 맡을 거래."

"와, 여자도 군사 훈련을 받는다는데?"

"뭐? 진짜?"

"여기 봐. 여자도 군사 훈련을 받고 싸우는 법을 익힐 거래. 훈련을 끝내면 부대에 배치되는 게 아니라 바로 예비군으로 편성된다고 쓰여 있어. 매년 한달씩 훈련을 받게되나 봐."

"참나, 여자가 훈련을 왜 받아? 힘도 없고 멍청하기만 한데 말야. 집에서 애나 잘 보면 되는 것을… 아니 그러한가, 창호?"

글을 읽을 줄 아는 한 청년이 곁에 서 있는 동무에게 물었다.

질문을 받은 동무는 신문을 읽다가 피식하면서 말했다.

"자네의 그 발언, 위험한 발언일세."

"뭐?"

"곰곰이 생각해 보게. 무엇을 잘못했는지."

"음……?"

동무의 물음에 청년이 고개를 갸웃거렸다.

동무가 무슨 말을 하는지 이해되지 않았다.

결국 '창호'라는 이름을 가진 청년이 한숨지었다.

"자네 어머님."

"어머니?"

"자네 어머님도 여자이지 않은가? 어머니를 어찌 그리 욕할 수 있는가?"

"……?!"

창호의 지적에 청년이 얼굴을 붉혔다.

뭐라고 대꾸하고 싶었지만 대꾸할 수 없었다.

그런 청년에게 다시 창호가 말했다.

"세상에 자네 어머님만큼 강한 사람이 어디 있겠나? 자네 지키기 위해서 목숨마저 버리실 분이 바로 자네 어머니일세. 아니 그러한가?"

"그…그게……."

"절대 여자를 우습게 여기지 말게. 어머니를 공경하고 특히 처를 사랑하고 존중하게. 그래야 가정이 평안하고 제가치국평천하를 이룰 수 있네. 내 말을 가슴 깊이 새기게."

"알겠네……."

절대 반론할 수 없는 이야기였다.

동무의 말을 듣고 경솔하게 말했던 청년이 뉘우치며 고개를 숙였다.

그리고 창호는 다시 신문을 읽기 시작했다.

그의 나이 어느덧 만 21세였다. 징병제가 실시되면 그 또한 병사로 군역을 치러야 했다.

그는 당당히 군에 입대하려고 했다.

'나라를 지키는 것은 이 나라 백성으로서 당연히 해야 되는 일이다. 그리고 조선 남자는 군역을 치르고 난 뒤에 대업을 이루게 될 것이다. 나 또한 그런 정도를 걸을 것이다.'

성은 안씨요, 호는 도산이었다.

언더우드 선교사가 세운 구세학당의 졸업생으로 외국 정세에 밝고 생각이 깊고 깨어 있는 청년이었다.

독립 계몽운동을 벌여야 하는 운명이 바뀌고 있었다.

그리고 수많은 청년들의 미래가 변하고 있었다.

개병제와 징병제 선포가 이뤄지고 고의로 병역을 피할 경우 징역 수십년에 달하는 처벌이 있을 것임을 백성들에게 알렸다.

징집이 이뤄지면 대부대 편성이 가능해지기에 병력 규모에 맞춰서 부대 편제를 변화시켜야 했다.

때문에 군부에서 시위 연대를 합쳐서 근위사단으로 편제를 바꾸기로 계획했다.

진위연대는 2개 연대씩을 더해서 보병사단으로 편제를 변화시키기로 했다.

그리고 2개 이상의 사단이 모여 '군단'을 이루고 2개 군단 이상이 모여 '군'을 이루고 2개 이상의 '군'이 모여 '집단군'을 이루는 편제를 완성시켰다. 또한 새해가 되면 새로운 편제로 군을 지휘하기로 했다.

내년에 할 일이 무척 많았다.

때문에 적절한 인재를 적재적소에 쓸 수 있어야 했다.

총리부에서 미리 이야기가 논의됐다.

"전화위복이라는 말이 지금만큼 어울리는 때도 없을 거요. 중전마마께서 왜적들에게 큰일을 당하실 뻔했던 후에

150

우리는 참으로 많은 발전을 이뤘고 앞으로도 계속 진보해
나갈 거요. 그동안 오랜 기간이 걸리는 대업을 성취하느라
직책 변동이 그다지 거의 없었소. 그러나 그때로부터 무려
5년이 지났고 5년 동안 세상은 너무나 많이 변했소. 조선
도 그에 못지않게 변한 바, 지금이야말로 내각 개편을 이
뤄야 한다 생각하오. 이에 대해서 어찌 생각하시오?"

"개편해야 된다고 생각하오."

"나도 개편에 동의하오."

"지금이야말로 내각 개편을 이뤄야 합니다. 총리대신."

박정양이 내각 개편을 제안했고 김홍집과 김인석, 장성
호가 차례대로 그 제안에 동의했다.

함께 뜻을 모아 내각을 새로 짜기로 했다.

내각 개편에 대한 동의와 의견을 듣기 위해서 각 부 대신
들이 총리부 회의실로 모였다.

총리 박정양과 좌부총리 김홍집, 우부총리 김인석, 내부
대신 민영달, 외부대신 이범진이 모였다.

그리고 군부대신 안경수와 탁지부대신 어윤중, 학부대
신 이완용, 법부대신, 서광범, 농상공부대신 김가진, 궁내
부대신 이경직이 모였다.

마지막으로 특무대신인 장성호가 세 총리와 함께 관제
개편에 관한 회의를 주도했다.

그는 미리 초안을 작성해서 대신들에게 보여줬다.

새로운 부가 조정에 더해져 있었다.

그것을 본 민영달이 물었다.

"좌우부총리를 다시 하나로 합치는 것은 알겠소. 헌데, 통상부와 농림수산부, 과학기술부, 산업부, 건설교통부, 문화체육관광부는 어떤 것이오? 설명해줄 수 있겠소?"

질문에 장성호가 직접 설명했다.

"지금까지 통상은 외부에서 다뤄왔지만 앞으로 조선이 무역의 규모를 키우면 키울수록 외국과 통상 문제가 일어날 수 있습니다. 그 문제를 미리 대비하고자 통상부를 설치하고 당분간은 외부대신이 겸하는 것으로 하다가 전문할 수 있는 대신이 맡아야 된다고 생각해서 초안에 넣었습니다. 그리고 보시면 아시겠지만 농상공부가 없어졌습니다."

"그렇군."

"이제 조선을 먹여 살리는 것은 농업뿐만 아니라, 공업과 상업도 있습니다. 농업과 수산업이 조선 생존의 주춧돌이라면 공업과 상업은 기둥이 될 겁니다. 그래서 둘로 나눠서 한쪽은 진짜 먹거리를 책임지고 한쪽은 산업의 먹거리를 책임지는 겁니다. 산업부에서 앞으로 상공업을 담당해야 된다 생각합니다. 그리고 과학기술부는 이 나라 과학과 기술의 진보를 이끌고 건설교통부는 건설과 철도, 도로와 같은 교통을 책임집니다. 문화체육관광부는 우리의 전통을 지키고 문화로 계승하고, 백성들이 살아가는 데에 있어서 즐겁게 살 수 있도록 방편을 마련하는 부가 될 것입니다. 저는 이러한 개편이 지금의 조선에 걸 맞는 행정이라 생각합니다."

장성호의 설명을 듣고 대신들이 고개를 끄덕이면서 이해했다.

그리고 나랏일을 훨씬 더 세밀하게 할 수 있을 것이라고 생각했다.

동시에 새롭게 부가 추가 되었기에 어떤 대신이 직책을 옮기고 승차가 있는지 궁금했다.

또한 기존의 부처를 누가 맡을 것인지 궁금했다.

법부대신인 서광범이 박정양에게 물었다.

"그러면 이제 새로운 부와 기존의 부를 누가 맡게 됩니까?"

김홍집이 대신 대답했다.

"그래서 지금부터 이야기를 해보자는 거요. 물론, 우리도 생각이 있지만 다른 대신들의 생각도 있을 것 같으니 각자 더 잘할 수 있는 것, 잘 아는 대한 일을 하면 좋지 않겠소. 이에 대해 자유롭게 논의해봅시다."

부를 맡는 것 외에 다른 직책도 있었다.

사법을 분리시킨 대법원이 있었고 총리부와 연결되어 이희를 보좌하는 안보실도 있었다. 그와 함께 검찰청, 경찰청, 소방방재청을 비롯한 여러 청장도 정해야 됐다.

대신들이 의견을 나타냈다.

"탁지부는 기존대로 어윤중 대감이 맡아야 한다고 생각

하오. 그 동안 이룬 것도 많지만 지속적으로 해야 할 것이 많은 바, 조선의 재정을 위해 계속 일해 줘야 한다고 생각 하오. 탁지부대신 덕택에 재정이 아껴질 수 있었소."

민영달은 어윤중이 계속 탁지부를 맡아야 된다고 말했다.

그는 쉬이 말할 수 없는 왕실 예산조차 강단 있게 아껴야 된다고 주장하는 사람이었다. 그 말에 어윤중 또한 자신이 탁지부를 맡겠다고 말했다.

그리고 여러 부의 대신들이 정해졌다.

의견이 일치되면서 농림수산부를 이경직이 맡고 농상공 부대신인 김가진이 건설교통부를 맡기로 했다.

이범진이 자신의 후임으로 능력을 발휘할 수 있는 위인 을 천거했다.

"신임 외부대신으로 학부대신은 어떻소? 미국에서 오랫 동안 지내면서 영어에 능통하고 정세도 잘 보는 것으로 아 는데, 학부대신이라면 아마 나보다 조선을 외교로 더 강하 게 만들어 줄 거요."

웃으면서 이완용을 외부대신으로 추천했다.

그 말을 듣고 다른 대신이 공감하면서 동의했다.

"이대감이라면 능히 그럴 것이오."

"학부에서도 조선의 교육을 위해 힘쓰지 않았소. 힘써서 영어 보급을 이뤘기에 영길리와 미국이 조선을 우호적으 로 봐줬을 수도 있소. 영국과 동맹을 맺은 것도 어쩌면 이

154

대감 덕택이었을 수도 있소."

이완용은 누가 보더라도 친미파였다.

그는 미국을 경외하고 그가 학부를 맡아 백성들에 대한 교육을 담당하면서 영어 교육을 기본 교육으로 삼고 개화를 이루려고 했다.

그것만 봤을 땐 정말 깨어 있는 사람이라고 생각할 수 있었다.

그리고 모든 대신들이 이완용을 칭찬하고 그가 외부대신으로서도 충분히 능력을 발휘할 것이라고 말했다.

대신들의 성화에 이완용이 감사의 뜻을 전했다.

"감사합니다. 하나같이 그렇게 말씀해 주시니 몸 둘 바를 모르겠습니다. 만약 외부를 맡게 된다면 조선을 위해 최선을 다해서 일하겠습니다."

"축하하오. 이대감."

이미 외부대신이 된 것 같은 분위기가 일어났다. 그 모습을 보고 박정양과 김홍집이 미묘한 미소를 띠었다.

김인석은 장성호를 보면서 고개를 가로저었다.

장성호가 대신들의 생각에 반대했다.

"학부대신이 외부를 맡는 것을 반대합니다."

대신들이 눈을 키운 가운데 그 이유를 설명했다.

"제 생각으론 학부대신이 산업부를 맡아야 한다 생각합니다."

"어째서 말이오?"

"산업부는 말 그대로 조선의 공업과 상업 진흥을 위해서 힘쓰는 부입니다. 때문에 국내 회사 육성에 힘쓰면서 외국 회사와의 관계를 돈독히 해야 됩니다. 또 다른 외교이기도 하지요. 더군다나 미리견과 친선을 이루고 영길리와 협력할 수 있기에 영어에 능통하신 분이 대신이 되어야 합니다. 이대감만큼 산업부대신에 어울리시는 분도 없을 겁니다."

이범진이 반문했고 장성호가 대답했다.

그의 설명을 들은 대신이 이완용을 쳐다봤다.

사람들이 그의 대답을 기다렸다.

그리고 표정 변화 없이 이완용이 대답했다.

"특무대신의 말씀을 듣고 나니 정신이 번쩍 뜨입니다. 혹시, 할 수 있다면 산업부를 제가 맡아보겠습니다."

"고맙습니다. 이대감."

"아닙니다."

이완용의 손에 군권과 외교권이 쥐어지는 것을 막았다.

그러면서 그의 능력을 쓸 수 있도록 잘 꾸며진 말로 구슬렸다.

장성호와 김인석이 눈빛을 주고받았고 고개를 끄덕이면서 계획대로 됐다는 생각을 했다.

이어 다른 부에 대해서도 의견을 나타냈다.

"총리부 안보실을 군부대신이 맡아주셨으면 합니다. 그리고 군부대신 대신 현홍택 참장이 군부를 맡는 것이 합당하다 여겨집니다. 그리고 문화체육관광부를 법부대신이 맡아주시고, 과학기술부에 대해서는 제가 따로 전하께 천거하겠습니다. 이견이 있으시면 바로 말씀해주십시오."

"없소."

"그러면 개편안을 잘 정리해서 전하께 상신하겠습니다."

대신들이 내각 개편에 동의했다.

그리고 장성호는 총리부에서 세명의 총리와 함께 다시 의견을 잘 정리한 개편안을 이희에게 상신했다.

협길당에서 이희와 마주앉아 첩지를 올렸다.

이희가 첩지를 펼쳐서 개편안을 확인했다.

그리고 개편된 내각이 미래 대한민국의 내각과 비슷하다는 것을 알았다.

과학기술부가 비어 있는 것을 보고 장성호에게 물었다.

"과학기술부가 비어 있군."

"대신들이 잘 모르는 사람일 수 있기에 일부러 비워뒀습니다."

"그렇다면 천군 중에서 나오겠군."

"예. 전하."

"박은성인가?"

"예."

"박은성이라면 조선의 과학 발전과 기술 발전에 큰일을 할 수 있겠지. 과인의 권위로 이 빈 자리를 메우라."

"어명을 받들겠습니다. 전하."

대신들에게는 검증되지 않은 인물이었다.

그러나 이희의 권위와 총리부 동의로 숨겨진 인사가 능력을 발휘할 수 있었다.

장성호를 보좌했던 박은성이 정식으로 조정에 출사하게 됐다.

근정전에서 내각 개편이 선포됐다. 그리고 관복을 입은 박은성이 중앙에 서서 임명장을 받았다.

이희가 그에게 조선의 미래를 맡겼다.

"신임 과학기술부 대신은 조선의 과학과 기술 발전을 위해 전력으로 힘쓰라."

"어명을 받들겠습니다. 성은이 망극하옵니다. 전하."

배웠던 예법으로 박은성이 허리를 굽히며 인사했다.

그는 안경을 착용하고 있었고 그 모습을 본 대신들은 이희가 많이 관대해졌다고 생각했다.

불과 몇 년 전만 하더라도 안경을 쓰고 왕을 만나는 것은 군왕능멸에 해당되는 일이었다.

천군이 등장한 후에 모든 것이 변하고 있었다.

화기애애한 분위기 속에서 많은 대신들이 새로운 임명장을 받았다. 그러나 그중에서도 표정이 그리 밝지 않은 자들이 있었다.

그들은 자신들 나름대로 조정에서 최선을 다해 일했던 사람이었다. 그리고 그중 한 사람은 비교적 이희의 가까운

158

곳에서 보필한 자였다.

그는 이희의 은혜로 승차할 줄로 믿었다.

'전하. 협판으로 전하를 보필했던 시간만 무려 3년입니다. 그런데 어찌하시어 신을 이리 무심하게 대하실 수 있습니까. 신은 목숨으로 전하를 보필할 수 있는 왕족입니다, 전하.'

궁내부협판이었다. 그리고 이씨 성을 가진 고관이었다.

서운한 시선이 잠깐 동안 이희에게 향했다.

이내 열기를 품은 시선으로 변해 장성호와 김인석을 비롯한 천군에게 닿았다.

그들에게 조선이 넘어가 있다고 생각했다.

'이 나라가 어찌 네 놈들의 나라인가?! 이 나라는 전하의 나라며 이씨의 나라다! 들어본 적 없는 잡것인 너희들이 어찌 감히 국정을 농단한단 말이냐?! 언젠가 전하와 왕실을 기만한 죄의 대가를 치를 것이다!'

내각 개편과 인사권에 천군이 적극 개입한 것을 알고 있었다. 그리고 그는 다시 궁내부협판을 맡아 이희를 보필하고 새로운 궁내부대신인 '이시영'을 보좌해야 했다.

개편 전에 이시영은 그와 같은 관작을 지녔던 사람이었다.

왕족인 '이지용'이 속으로 불만을 쌓고 있었다.

한동안 굳은 표정으로 임명식을 치르다 식이 끝나자 무거운 발걸음으로 근정전에서 퇴전했다.

그의 표정을 읽은 이경직이 어깨를 잡고 물었다.

"자네. 어찌 그러는가?"

"……."

"혹, 승차하지 못해서 불만인가?"

"아닙니다."

"그러면 어찌하여 그런 표정을 짓는가?"

퇴전하는 대신들이 신을 신으면서 이지용을 슬쩍슬쩍 쳐다봤다.

그리고 이지용은 억지로 웃음 지으며 대답했다.

"아침부터 속이 안 좋아서 그랬습니다. 다시 전하를 보필할 수 있게 되어서 다행이라 생각합니다. 그동안 대감을 보좌할 수 있어서 영광이었습니다."

농림수산부대신이 된 이경직에게 인사하고 몸을 돌렸다. 그리고 거친 발걸음을 하며 근정문으로 향했다.

그 모습을 김인석과 장성호가 지켜보고 있었다.

이지용이 어떤 사람인지 두 사람은 잘 알고 있었다.

그를 비롯한 몇몇 관료의 승차를 두 사람이 틀어막았다. 작은 목소리로 두 사람이 이야기를 나눴다.

"화가 많이 난 모양이군."

"감정은 이해됩니다."

"계속해서 전하께 알려드리지 않을 생각인가?"

"그렇게 할 겁니다. 이미 지워져 버린 미래니 말입니다. 만약 전하께 이지용이 어떤 사람인지 말씀드린다면 그뿐만 아니라 많은 사람들이 목숨을 잃을 겁니다. 설령 죄가 없더라도 말입니다. 그렇다고 요직에 앉힐 수도 없으니, 승차 없이 현 상태를 유지하는 것이 최선입니다."

"내칠 구실이라도 있으면 좋겠군."

"제 마음입니다."

대신 중에 나라를 팔아먹을 위인이 있었다.

그리고 고관들 중에도 그런 인물이 있었다.

비록 미래가 바뀌었지만 이미 형성된 성격과 신념은 쉽게 바뀔 수 없었다.

때문에 그들을 더 큰 요직에 앉혀선 안 된다고 판단했다. 그렇다고 명분 없이 파직할 수도 없었다.

파직될 경우 조선이 망하는 것을 모르는 충신들이 그들의 편이 되어서 들고 일어설 수 있었다.

현상유지만이 최선이었다. 그리고 같은 급의 직책으로 전환시키는 것이 그나마 명분이 있었다.

그들의 진짜 미래는 국적(國賊)이었다.

"그래도 지켜보세. 저 분노가 어디로 흘러가는지 말야. 을사오적의 악명이 어디로 가진 않을 것이네."

"예."

을사오적과 정미칠적, 경술국적에 해당되는 대신과 관리의 승차를 막았다.

그리고 그들 중에 내각 개편으로 인해 불만을 쌓은 자가 누구인지 분별하려고 했다.

궁내부에서 이지용이 일을 하다가 마치고 퇴근했다.

관아에서 나와 마차에 탑승했고 마부에게 즐겨 찾는 곳으로 향하자고 말했다.

"그곳으로 가세."

"예. 대감."

바퀴를 굴리며 마차가 달리기 시작했다.

마부가 마차를 몰고 향한 곳은 종로였다.

마차에서 이지용이 내리면서 주위의 눈치를 살폈고 조심히 걸음을 옮기기 시작했다. 그리고 건물 사이의 골목으로 들어가서 어떠한 집으로 들어갔다.

그림자가 짙은 작은 집이었다.

그 안에 선비와 허름한 옷을 입은 백성이 곰방대를 물고 연기를 피워 올리고 있었다.

그리고 손에 철편을 들고 인상을 쓰고 있었다.

철편 중 하나를 뽑아 사람들 사이로 던진 자가 환하게 웃었다.

"어서들 내놓으시오! 내가 이겼소!"

"아, 정말, 이 패를 마지막까지 쥐고 있었는데……!"

"아끼다가 똥 된다는 말 못 들었소? 어서 내 놓으시오!"

"시팔."

투전(投錢)에서 패한 자가 욕을 뱉으며 패를 던졌다.

그리고 도박에서 승리한 백성은 지폐를 쓸어 담으면서 즐거워했다.

그들 사이로 이지용이 앉았다.

"오늘은 판이 좋은가 보군."

"정말 좋습니다. 어제 잃었던 걸 벌써 되찾았죠. 한판하시겠습니까?"

"당연히. 오늘 기분도 안 좋은데, 거하게 따서 기분을 풀어야겠어. 방석을 가져다주게."

"예! 영감!"

백성들과 뒤섞여 투전을 벌이기 시작했다.

가지고 있던 돈을 꺼내서 판돈으로 걸었고 곰방대를 물고서 담배를 피기 시작했다.

그리고 손에 들린 철편을 던지기 시작했다.

"이겼군! 어서 돈을 내놓게!"

"와, 이게 이렇게 되네?!"

"덕분에 승차하지 못했던 분을 이곳에서 푸는군! 하하하!"

"와……!"

판돈을 얻고 승차하지 못했던 분을 풀었다.

울적한 일이 있을 때마다 도박판을 벌였다.

판돈을 잃고 따는 아찔함 속에서 가슴에 쌓은 분기를 잊으려 했다.

시간 가는 줄 모르며 함성을 질렀고 패를 섞었다.

그리고 투전을 벌이는 이지용을 백성들이 보고 있었다.

그가 행한 언동을 기억하고 있었다.

바다 건너 열도에서 분노로 얼룩진 함성이 일어났다.

문이 여러 겹으로 이뤄진 방이었다.

방 양측에 기모노와 양복을 입은 자들이 무릎 꿇고 앉아서 앞에 놓인 술잔을 들고 술을 받았다.

이토 히로부미가 술을 따르고 있었다. 그가 모인 무리에게 술을 따르고 흑룡이 그려진 병풍 앞에 앉자 가장 가까이에 있던 자가 술병을 들고 술을 따랐다.

그는 조선에 분노를 가진 자였다.

"노다 헤이치로."

"예. 이토공."

"조선으로 가서 왕과 조정에 불만을 가진 자들이 분명히 있을 것이오. 그들을 찾아 조선왕에게 복수하시오. 그러면 천황 폐하께서 그대의 충성을 믿어주실 것이오. 대일본제국이 그대의 공을 기억할 것이오."

다부진 체격에 이목구비가 훤한 남자였다.

이토가 '노다 헤이치로'에게 임무를 전했다.

그는 반드시 조선왕과 조정을 상대로 복수해서 일본 신민으로서의 인정을 받으려고 했다.

조선을 세상에서 지우는 것이 목표였다.

그것을 위해 수단과 방법을 가리지 않으려고 했다.

천군이 강림하기 전부터 그의 운명은 이미 정해져 있었다.

용서받을 수 없는 자들

갑신년(甲申年) 정변 시도가 일어난 뒤 시일이 꽤 지났을 때였다.

정변을 시도했던 김옥균을 죽이기 위해 왕의 명을 받은 암살자가 김옥균을 만났다.

그리고 그로부터 이야기를 들었다.

암살자는 곧 본연의 임무를 망각하게 됐다.

"일본을 보시오. 조선과 비교했을 때 어떤 느낌을 받았소? 이것이야 말로 개화며 양이에게 지배받지 않을 유일한 길이오. 단순히 신문물을 받으며 깨어나는 것이 아니라, 나라의 미래를 위해 지배 체제마저도 바꾸는 혁신이

필요하오. 비록 일본도 위정자들이 권력을 쥐고 있지만 온
전히 일본을 위해서 쓰고 있소. 반면에 조선은 어떻소? 민
씨 가문이 정말로 조선을 위해서 개화를 주장한다고 보시
오? 내가 볼 때는 절대 그렇지 않소. 정적인 대원위대감이
쇄국을 주장하기에 개화를 주장하는 것이오. 민씨 척족의
목표는 오직 가문을 위하는 것뿐이오."

그 말을 들은 암살자는 그를 죽이지 않고 지키기로 했다.

"제가 참판 영감을 지키겠습니다. 도주하신 것으로 꾸며
서 임무를 실패한 것으로 보고를 올리겠습니다. 그리고 다
시 자객이 갈 때 말씀 드리겠습니다. 조선의 개화와 번영
을 위해 계속 힘써 주십시오."

"고맙소."

암살 대상을 놓아주고 조선으로 돌아가서 임무에 실패했
다는 보고를 올렸다.

그로 인해 투옥 되어 고초를 겪다가 민영환에 의해서 풀
려났다.

그리고 군수와 현감이 되어 백성을 살피다가 비보를 전
해 들었다.

청나라로 피신했던 김옥균이 끝내 자객의 암살을 받고
시신이 되어 조선으로 돌아왔다.

부관참시 당해 목이 베였고 효수되어 백성들로부터 돌팔
매질을 당했다.

그 모습을 보고 암살자는 김옥균의 목 앞에서 무릎을 꿇

었다.

'조선의 개화를 위해서 힘쓴다 하지 않았습니까… 헌데 어찌 이런 모습으로 조선에 돌아오실 수 있단 말입니까… 절대 용서하지 않을 겁니다…! 영감을 이렇게 만든 왕실과 민씨 척신…! 권력을 위해서라면 무슨 짓도 서슴지 않는 자들과 심지어 아둔한 백성들까지… 절대 용서하지 않을 겁니다. 놈들은 번영을 누릴 자격이 없습니다. 내가 절대 이 나라를 없앨 겁니다…!'

조선의 모든 것을 저주하고 멸망을 원했다.

김옥균을 고의로 살려준 사실이 발각되어 조정의 추격을 받고 일본으로 피신했다.

그리고 일본식 이름으로 창씨개명하여 일본인처럼 삶을 살았다.

그랬던 옛 일을 기억하며 저주하는 땅 위에 발을 올렸다.

그의 이름은 '노다 헤이치로'였다.

그리고 예전의 이름은 '송병준'이었다.

쪽배에서 내린 송병준이 어둠에 속에 스며든 동지들을 이끌었다.

"이쪽이오. 뒤를 따로 오시오. 내가 안내하겠소."

달빛을 받으며 풀숲을 헤집었다.

그리고 예정된 집으로 들어가 옷을 갈아입고 아침이 오기를 기다렸다.

조선에도 드디어 기차가 달리기 시작했고 부산역에서 열

차를 타고 한양으로 향했다.

서울역에서 하차해 명동 근처에서 거점을 마련했다.

다시 조선으로 일본의 간자들이 침투했다.

그들은 자신을 드러내지 않고 섣불리 움직이지 않으며 조심스럽게 때를 기다렸다.

이토의 집에 전기수리공이 도착했다.

"이쪽입니까?"

"그렇소. 조명에 불빛이 잘 들어오지 않소. 봐주시오."

"알겠습니다."

집사의 안내를 받아 응접실 조명을 수리공이 살피기 시작했다.

사다리를 타고 올라가서 등을 살피고 거기에 연결된 전선을 확인했다.

집사에게 천장 속으로 들어가야 한다고 말했고 안내를 받아 옥상의 좁은 문으로 들어갔다.

그리고 천장 속에서 전등으로 연결된 전선을 살폈다.

그는 장비로 전선을 끊고 뭔가를 연결했다.

그리고 다시 밖으로 나와서 사다리를 타고 조명을 살핀 뒤 등을 갈고 전원을 넣었다.

그러자 불빛이 환하게 빛났다.

"오오."

"된 것 같습니다."

"원인이 뭐였소?"

"전등도 수명을 거의 다했고 천장의 선이 끊어져 있었습니다. 동시에 그런 경우가 잘 없는데 말입니다. 어찌 되었건 선을 연결하여 고쳤습니다."

수리공의 설명을 듣고 집사가 고개를 끄덕였다.

그리고 환하게 빛을 발하는 응접실의 전등을 한번 더 보고 수리공에게 수고료를 지불했다.

그로부터 몇 달이 지났다.

전등이 밝혀진 응접실에서 이토와 이노우에, 사이온지가 모여 이야기를 나눴다.

만찬을 갖고 차를 마시면서 이야기를 나눴다.

그들은 조선으로 향한 흑룡회원들에 대한 이야기를 했다.

집사가 세 사람의 대화를 지켜주고 있었다.

"송병준, 그자를 이렇게 요긴하게 쓸 줄은 몰랐소. 이래서 우리에게 도움을 청하는 자들을 잘 돌봐줘야 하오. 충성스런 우리의 수족이 될 테니 말이오. 그의 망명을 받아주길 참으로 잘했소."

"조선에도 분명히 왕실과 정부에 불만을 가진 자가 있을 것이오. 특히 천군과 김홍집 같은 놈들이 권력을 쥐고 있어서 더 높은 자리에 오르지 못하는 조선의 정치인들이 있을 거요. 그자들을 잘 쓰면 거사를 치를 수 있소."

"그들을 송병준이 찾아서 거사를 치를 거요. 놈들은 자신들이 권력을 쥘 수 있는 유일한 방법이라 여길 테고, 우리는 그놈들을 죄인으로 만들면 되오. 미국이 조선의 만행에 혀를 내두를 거요. 그것으로 우리의 전략을 완성 시킬 수 있소."

"이번만큼은 천군도 어쩔 수 없을 거요. 하하하."

탁자 위에 놓인 케이크가 그렇게나 맛있을 수 없었다.

세 사람이 나눈 이야기가 천장 속까지 깊이 울려 퍼졌다.

비화로 이뤄져야 하는 이야기들이 천장 안의 작은 기계 속으로 스며들었다.

그들의 음성이 컴퓨터라 불리는 장치에서 울려 퍼졌다.

말도에 환웅함이 숨겨져 있었다.

몇 년 동안 자란 풀과 나무로 인해 환웅함을 가린 위장막은 작은 언덕으로 보일 지경이었다.

거기에 주기적으로 교대 근무를 하는 승조원들이 있었다.

또한 태양광 전지를 통해서 함에 전력을 공급하고 있었다.

환웅함에 이토의 집에서 도청된 음성이 녹음되었다.

"놈들이 뭔가 꾸미고 있어. 부장님께 보고를 드려."

"그래."

조선에 일본의 간자가 침투된 사실이 파악되었다.

통신기를 통해 장성호의 집으로 연락이 이뤄졌다.

정무를 마치고 집에 온 장성호가 함께 지내는 승조원으

로부터 보고를 받았다.

그리고 이토와 두 사람의 음성과 번역된 녹취록을 확인했다.

그의 집에 김인석과 유성혁이 모였다.

"송병준이라고?"

"예."

"알기로 조선을 팔아넘겼던 매국노 중 한 사람으로 알고 있는데 맞는가?"

"맞습니다. 정미칠적 중 한 사람입니다. 그리고 경술국적에는 포함이 안됐지만 일본이 조선을 병탄하는데 있어서 배후에서 큰 역할을 했던 인물입니다. 이완용처럼 정세에 따라 변절한 것과 다르게 처음부터 조선을 망하게 하려고 힘썼던 인물입니다. 그 점에서는 이완용보다 훨씬 악질입니다."

"그런 놈이 이토 히로부미가 만든 흑룡회의 일원이 되어 조선에 침투했군. 어쩌면 독하게 일을 벌일 수도 있겠어."

성혁이 녹취록을 다시 살핀 뒤 두 사람에게 말했다.

"놈들이 말하는 거사가 무엇인지부터 알아야 할 것 같습니다. 조선이 지금까지 발전했던 것도 이해관계에 의해서라도 미국이 지원했기 때문인데, 만약 미국 정치인들의 마음이 돌아선다면 우리에게 있어서도 그리 좋은 일이 아닐 겁니다. 형님이 미국 회사의 소유주라 할지라도 정계에서 차단시키면 도울 길이 좁아집니다. 놈들이 무엇을 꾸미는 것인지 알아야 합니다."

거사라는 단어에 세 사람이 주목했다.

그것이 일어나면 미국과의 관계가 험악해질 수 있다고 판단했다.

곰곰이 생각하다가 장성호가 이토가 한 말을 주목했다.

"왕실과 조정에 불만을 가진 자가 거사를 치를 거라고 말했습니다."

"이지용을 말인가?"

"예. 그가 송병준을 만나는지 감시해야 됩니다. 이지용이야말로 송병준이 바라는 협력자에 걸 맞는 사람입니다. 그리고 그를 포함해 그동안 우리가 승차를 막음으로써 불만을 가졌던 매국노들을 감시해야 됩니다. 그들이 일본의 계략에 협력할 수 있습니다."

이지용을 비롯해 박제순, 이근택, 권중현, 이재극, 이하영으로 이뤄진 을사오적과 을사흉적, 거기에 더한 이병무, 고영희, 조중응, 이재곤, 임선준으로 이뤄진 정미칠적 그리고 윤덕영, 민병석, 조민희를 포함한 경술국적까지, 이완용을 포함해 매국노로 기록되는 자들의 모든 승차를 막았었다.

이완용의 경우 정무를 보기 위한 여러 능력을 가졌기에 다른 부를 맡는 것으로 승차한 것 같은 모양새를 낼 수 있었다.

그러나 그 아래 관료들은 달랐다.

직책을 바꿔도 한정적이었다.

그로 인한 불만이 쌓이는 것을 김인석과 장성호 등이 알고 있었다.

그리고 이지용은 수시로 도박판에서 천군에 대한 불만을 늘여 놓았다.

그날도 투전 패를 던지며 백성들과 놀았다.

소리치며 기뻐했고 이를 물면서 아쉬워했다.

한 백성이 그를 주시하고 있었다.

그리고 다른 판에서 투전을 벌이며 이지용이 도박장에서 나오는 순간을 기다렸다.

깊은 밤이 되자 이지용이 집에 가기 위해서 몸을 일으켰다.

"여기까지 해야겠군."

"아이쿠! 가십니까, 영감?"

"그래. 이만 끝내야겠네. 내일 할 일도 있으니 말야. 많이 따게."

"예! 영감! 소인이 문 앞까지 배웅해드리겠습니다!"

이지용이 손사래를 치면서 말렸다.

행여 사람들의 시선을 끌어 모을까 심히 부담스러웠다.

이지용은 투전장에서 나와 종로 거리 복판으로 향했고 그때 한 사람이 그의 뒤를 따라 인기척을 냈다.

이지용이 돌아서면서 따라온 자에게 물었다.

"네놈은 누구냐? 어째서 날 따라오는 거지?"

뒤따라온 자가 주위를 살피고 작은 목소리로 말했다.

"투전장에 영감께서 자주 오시는 것을 봤습니다. 그래서 특별한 장을 알려드릴까 해서 왔습니다."

"특별한 장?"

"꽃 그림 패로 승패를 겨루는 투전이지요. 판돈도 커서 돈을 거실 수 있는 분께만 알려드립니다. 어떻습니까? 소인이 알려드리는 장을 보실런지요? 결코 실망하지 않으실 겁니다."

남자의 이야기에 이지용이 입꼬리를 끌어당겼다.

"꽃 그림 패면 하나후다겠군."

"아시는군요."

"알고 있지. 조선이 아닌 일본의 투전이니 말야. 하지만 판돈이 큰것이 흥미를 끄는군. 어디에서 하는가?"

"그리 멀지 않습니다. 명동 방향입니다. 소인이 영감을 모시겠습니다."

남자를 따라 이지용이 명동으로 향했다.

종현 성당이 잘 보이는 초가집 안에 조심히 신을 벗고 방 안으로 들어갔다.

안에는 이미 몇몇 사람들이 모여서 꽃 그림이 새겨진 패로 도박을 벌이고 있었다.

10원과 100원 지폐를 쌓아서 서로 밀며 한판을 벌이고 있었다.

그 사이로 이지용이 앉았다.

"나도 낄 수 있겠나?"

누구도 이지용을 상대로 인사하지 않았다.

아예 그를 모르는 듯했다.

단 한 사람만이 이지용을 알아보고 있었다.

"예. 영감. 마침 영감께서 오실 것 같아 자리를 마련해 드렸습니다."

"눈치가 빠르군."

"저희 동구에서는 이미 유명하십니다. 혹, 하나후다에 대해서는 알고 계신지요?"

"알다마다. 그러니 설명하지 말고 바로 패를 나누게."

"예. 영감."

꽃의 전쟁이었다.

달을 상징하는 12종류의 꽃을 섞어서 2장씩 패를 나누고 눈치를 살피기 시작했다.

그리고 돈을 걸었다.

"난 이 정도로 걸지."

"받고 100원을 걸겠습니다."

"역시, 판이 크군. 받고 100원 더 걸겠네. 더 걸겠는가?"

"끝내겠습니다."

"까게."

300원이 걸린 큰 판이었다.

이지용이 패를 보이자 한판을 이루는 남자들도 패를 깠다.

이지용이 돈을 쓸어 담았다.

"돈을 크게 걸 때는 조심해야지. 이 돈을 가져가겠네. 혹시, 분한가?"

"아닙니다. 영감."

"배포가 크군. 패를 이리 주게."

이지용이 이겼기에 패를 섞을 수 있었다.

능숙한 손놀림으로 패를 섞은 뒤 앉아 있던 사람들에게 패를 나눠줬다.

그리고 다시 한판을 벌이려 했다.

서로의 패가 무엇인지 미리 짐작하다가 이지용이 통이 큰 남자에게 이름을 물었다.

그가 누구인지 매우 궁금했다.

"그러고 보니 이름을 묻지 않았군. 한양에서 투전장이 열리는 곳이면 다 가봤는데 자네 같은 자를 본 적이 없어. 혹 평양 사람인가?"

"아닙니다."

"그러면 어디에서 왔나?"

이름을 묻고 의외의 대답을 들었다.

"일본에서 왔습니다."

"일본?"

"노다 헤이치로가 소인의 이름입니다. 예전에는 송씨 성이었습니다. 송병준이 소인의 예전 이름입니다."

"……?"

"만나게 되어서 반갑네. 궁내부협판."

"……?!"

이지용은 손에 들린 패를 바닥에 떨어트렸다.

눈앞에 왕의 용서를 거부한 자가 앉아 있었다.

서재필과 마찬가지로 그 또한 용서를 받은 상태였다.

조선인이 아닌 일본인이 된 송병준을 보면서 이지용이 자리에서 벌떡 일어났다.

"이곳에 괜히 왔군! 전하의 은혜로우신 용서를 거부한 오만방자한 놈이었다니! 네 진정 쳐 죽여도 모자랄 위인이니 절대 무사하지 못할 것이다. 그전에 전하를 능멸한 네 놈의 입국이 허가됐을 리가 없다! 관아에 고발해서 네놈을 옥에 가둬……!"

진노한 이지용을 보면서 송병준이 피식 웃었다.

"천군과 박정양을 우리가 없애주지."

"……?!"

"그놈들을 없앨 것이니, 자네가 도와주게. 그러면 더 이상 자네의 승차를 막는 이도 없을 것이네."

"…….'

"어떠한가? 제안을 받아들이겠는가?"

"…….'

연배가 훨씬 높은 송병준이 이지용을 상대로 반말했다.

그의 제안에 폭발하던 노기가 흩어졌다.

무시하고 발걸음을 떼고 싶었지만 쉽게 떨어지지 않았

다.

분노해야 했지만 더 이상 분노할 수 없었다.

마음이 크게 흔들리다가 이성의 끈을 잡았다.

"그딴 말로 날 흔들 수 있을 것이라 생각하나?! 네놈이 꾸미는 짓은 역적의 짓이다!"

이지용의 일갈을 듣고 다시 송병준이 말했다.

"역적이라는 말도 후대가 어떻게 여기느냐에 따라 달라지지."

"뭐라고?!"

"생각해보게. 이 나라가 이씨 조선인가 아니면 천군과 박정양의 나라인가? 자넨 왕족이기에 마땅히 이씨 조선을 지켜야 할 이유가 있네. 그것을 지키지 못해서 승차할 수 없었던 게 아닌가?"

"……."

"무려 수년간 전하를 보필해드렸는데도 말야. 그렇지 않은가? 놈들이 제거되면 결국 자넨 대신이 되고 끝에 가서는 총리대신이 되어 전하와 함께 백성을 통치할 것이네. 그 길을 내가 열어 주겠네."

"……."

더 이상 송병준에게 이지용이 소리칠 수 없었다.

김인석, 장성호 등을 죽여서 권력을 주겠다는 송병준의 말에 크게 흔들리다 쓰러졌다.

탐욕을 이기지 못한 이지용이 그에게 물었다.

"내게 권력을 주겠다고……?"

"그렇다네."

"그러면, 네놈이 얻는 것은 무엇인가? 무엇을 얻고자 조선에 다시 돌아와 천군을 죽여주겠다고 하는 것인가? 솔직히 대답하지 않으면 관아에 네놈을 넘길 것이다!"

경고 아닌 경고를 받고 송병준이 대답했다.

"김옥균을 기억하는가?"

"기억하다마다."

"지금까지 조선이 이룬 것은 김옥균이 원했던 것이기도 하네. 어쩌면 그가 틀린게 하나도 없을 수도 있는 것이지. 그럼에도 어떤 자의 권력을 위협했기에 죽임을 당한 것일세. 그자가 누구인지는 자네도 잘 알 것이라 생각하네."

"중전……."

"그래. 중전과 민씨 척신이지. 그놈들을 죽이지 않으면 지금의 번영은 순식간에 쓰러질 수도 있네. 나라와 백성을 버려서라도 오직 그들 가문을 위하고 권력을 챙기는 일에만 급급하니까 말일세. 그놈들을 지키는 것이 천군이고, 놈들을 죽이려면 반드시 천군을 제거할 수밖에 없네. 그래서 도움이 필요하네. 자네도 알고 있겠지만 우리 힘만으로 놈들을 해치울 수 없어. 우릴 도와주기만 하면 목숨을 바쳐서라도 천군을 죽이겠네."

"……."

"어찌 하겠는가?"

엄청난 복수심이 눈동자 안에서 타올랐다.

송병준이 천군을 제거해야 되는 이유를 이지용에게 알려 줬다.

그 이야기를 듣고 이지용은 이성마저도 완전히 쏠리는 것을 느꼈다.

작은 의심을 하면서도 이미 뜻은 세워졌다.

"계획은 있는가?"

입꼬리를 올린 송병준이 대답했다.

"있네. 놈들을 죽일 확실한 계획이 말일세. 거사를 치르고 나면 조선에 새 세상이 올 것이네."

송병준의 계획을 듣고 이지용이 고개를 끄덕였다.

그리고 주먹을 쥐면서 큰 기대감을 나타냈다.

모든 책임을 일본에게 돌리고 천군을 제거하기로 마음먹었다.

동상이몽으로 음모를 꾸미기 시작했다.

송병준의 의도를 알아차리지 못하고 이지용이 꼭두각시처럼 움직였다.

그는 조정에 불만을 가진 사람들을 어느 정도 알고 있었다.

그들은 하나같이 천군에 대해 불만을 갖고 있었다.

한 주막에서 술을 마시며 조정에 관한 이야기를 했다.

"정말… 중전마마를 구하고 나라를 구한 것은 알지만… 인사 배치를 이런 식으로 하다니 천군이 이런 독재를 벌일

182

줄은 몰랐어."

"솔직히 독재라 말하기는 힘드네… 다른 사람들은 더 높은 관직으로 승차했으니까… 그저 우리들을 싫어할 뿐이야."

"대체 뭐가 문제야…? 딱히 크게 잘못한 것도 없는데… 우리가 뭘 잘못해서 이런 대접을 받는 거야?"

"천군만 없다면 이렇게 술을 마실 이유도 없을 거야."

"망할……!"

눈치를 보다가 서로가 가진 불만을 토로했다.

술병이 쌓이며 가슴에 맺힌 서운함도 쌓여 갔다.

그렇게 얼굴을 붉히며 술을 마셨고 백성들의 시선을 아랑곳하지 않고 한을 토해냈다.

다시 주모에게 술을 주문하려고 했다.

그때 승차하지 못한 관리들 사이로 한 남자가 끼어들었다.

이지용이었다.

"영감?"

"껴도 되겠는가? 나도 한잔하고 싶네만."

"물론입니다. 이곳에 앉으십시오."

"나도 왠지 오늘따라 울적하구만……."

"저희도 그렇습니다. 여기 있는 모두가 같은 신세인 것 같습니다."

이지용은 그들과 합석하여 술을 나누고 함께 마셨다.

모두가 승차에 실패한 이들로 조정과 천군에 대해 불만을 토로하고 있었다.

그리고 이지용은 고개를 끄덕이면서 그들의 불만을 들어줬다.

그러다가 의미심장한 미소와 함께 관리들에게 제안을 했다.

"…승차하고 싶은가?"

"그야, 물어보시나 마나입니다."

"그 길을 내가 알려주도록 하지. 날 따라오면 자네들의 손에 권력이 쥐어질 것이네."

"……?"

권력을 주겠다는 말에 귀가 솔깃했다.

다른 사람이 그렇게 말했다면 모르겠지만 이지용은 왕족이었고 궁내부협판이었다.

두번의 승차만 이뤄지면 총리대신도 노려볼 수 있는 자였다.

그가 불만을 가진 자들을 끌어 모았다.

자신의 집에 거사를 치를 수 있는 자들을 모아 어떤 계획을 가지고 있는지 알려주고자 했다.

모인 사람들이 서로의 얼굴을 기억하면서 눈치를 살폈다.

박제순, 고영희, 조중응, 윤덕영 등에게 이지용이 만날 사람이 있음을 알려줬다.

"먼저, 우릴 도와줄 사람을 소개해 주겠네. 들어오시오."

드륵.

문이 열리는 소리가 들리자, 사람들의 고개가 일제히 돌아갔다.

그 앞에 선 사람을 보면서 몇몇 관리들이 크게 놀랐다.

안으로 들어오는 이가 누군지 알아보는 사람들이 있었다.

이지용이 사람들에게 그가 누구인지 알려줬다.

"이 자가 우릴 도와줄 것이네. 이름은 송병준이라 하지. 우리가 어떻게 권력을 쥐게 될 지에 대해서는 이 자가 알고 있네."

"처음 뵙겠소. 그리고 오랜만에 뵙겠소. 송병준이라고 하오."

"……?!"

이지용 곁에 자연스럽게 송병준이 앉았다.

눈을 키운 관리들이 술렁이면서 황당했다.

무엇보다도 그가 조선에 있다는 사실이 기이했다.

"송병준……!"

"이 자가 어째서 여기에 있는 겁니까?"

처음 그를 봤을 때의 이지용과 같은 반응이었다.

사람들의 물음에 송병준이 미소를 지었다가 지우면서 당당히 말했다.

"밀입했소."

"밀입? 밀입국을 말하는 겐가?!"

"그렇소."

"조선 사람이 밀입국이라니……?!"

"나는 조선 사람이기도 하지만, 창씨개명으로 일본 이름을 얻은 일본국 국민이기도 하오. 때문에 내가 벌이는 것은 곧 일본인의 행위이기도 하오."

"무…무슨 말을 하는 겐가……?"

"천군을 내가 죽이겠소. 그와 함께 천군을 돕는 조선의 위정자들을 죽이겠소. 김옥균 영감을 죽인 민씨 가문과 그들을 돕고 지키는 천군을 절대 용서하지 않을 것이오. 날도와준다면 그대들이 원하는 권력을 주겠소."

"……?!"

"내 제안을 받아들이겠소?"

"……."

송병준의 이야기를 듣고 관리들의 눈동자가 크게 떨렸다.

이성과 탐욕이 크게 충돌을 일으켰고 끝내 탐욕이 이성을 이겼다.

박제순이 송병준에게 물었다.

"어떻게 놈들을 죽이겠다는 거요?"

모든 이들의 시선이 송병준에게 향했다.

그리고 거짓으로 물든 대답이 나왔다.

"요즘 조선에서 큰 일이 많은 것 같소. 철도 개통도 그러하고 조정 차원에서 벌어지는 큰 행사가 많소. 거기서 폭탄을 통해 놈들을 폭사시킬 거요. 범죄국가로 일본이 지목될 것이기에, 여기 모인 사람들이 책임질 일은 없을 거요. 오직 단상에 근접할 수 있도록 길만 열어 주시오. 그러면 거사를 치르고 권력을 손에 쥐게 될 거요. 나는 김옥균과 버림받은 개화인들에 대한 복수를 이룰 것이오."

계획을 듣고 박제순이 고개를 끄덕였다.

그리고 송병준이 어째서 복수하려는지, 그가 이희의 용서를 받고도 조선으로 귀국하지 않았는지 이유를 알게 됐다.

자신들의 권익을 위해 조선의 미래를 지우려고 했다.

"협력하겠소. 조정을 어지럽히는 천군을 제거하고 조선은 새로운 나라로 거듭날 것이오. 김옥균 대감을 위한 복수를 우리가 돕겠소."

"고맙소. 그러면 이제 우리의 결의를 이 맹약서에 써 넣겠소. 이 자리에 속한 사람들을 못 믿는 것은 아니지만, 맹약서를 통해 한층 단단해진 신뢰로 거사를 치를 거요. 이 종이는 곧 역사가 될 거요."

"알겠소."

걱정도 한 가득이었지만 기대는 그것보다 더욱 컸다.

불안으로 가슴이 뛰는 것을 마음이 고양되기 때문이라 생각했다.

그리고 붓을 들어 자신의 이름을 쓴 뒤, 수결을 넣고 인주에 손끝을 찍어 맹약서에 약조를 기록하게 됐다.

맹약서에 쓰인 이름과 지장을 보고 송병준이 속으로 웃음을 터트렸다.

'이것으로 너희들은 권력을 위해 미국인도 죽이는 최악의 역적이 될 것이다!'

자신의 이름도 쓰여 있었지만 그 이름은 노다 헤이치로가 아닌 송병준이었다.

약조 아래에 천군을 없애고 조정을 바로 돌린다는 내용의 문구가 쓰여 있었다.

그 맹약서를 송병준이 품안에 넣었다.

생쥐보다 작게 느껴지는 존재가 집 주위를 돌며 감시하고 있었다.

장성호의 집에 천군 수뇌들이 모였다.

유성혁이 주먹을 불끈 쥐며 크게 분노했다.

"어떻게 이런 자의 말에 넘어갈 수 있습니까?"

"그만큼 불만을 가졌으니까."

"절대 용서해서는 안 됩니다. 이것은 대역죄입니다. 나라에 대한 반역입니다. 이놈들 때문에 조선이 식민 지배를 당했던 겁니다. 조선이 발전해도 위급해지면 놈들이 나라를 팔 겁니다."

그들은 다시 배신의 길을 걷기 시작했다.

비록 인사 배치에서 서운한 일을 당했다고 하지만 송병준이 꾸미는 폭탄 테러에 협력하는 것은 명백한 반역이었다.

김인석이 고개를 끄덕이면서 성혁의 주장에 동의했다.

그리고 장성호와 이야기를 나눴다.

"정리하자면 송병준이 속한 흑룡회, 그 뒤에 있는 이토 히로부미와 이노우에 카오루, 사이온지 긴모치가 조선이 벌인 일로 꾸미겠다는 것이군."

"행사 중에 미국 관원이 귀빈으로 참석하는 행사를 노릴 겁니다. 폭탄 테러로 우리와 미국 관원들이 죽으면, 공석이 된 관직을 놈들이 메우고 일본이 벌인 짓이라고 주장하겠죠. 하지만 놈들이 남긴 맹약서가 송병준의 손에 있습니다. 그것을 가지고 일본은 조선에서 권력을 탐했던 자들이 벌인 짓이라고 할 겁니다."

"일본과 전혀 관련이 없는 일이라고 시치미를 떼겠군."

"예. 그렇게 해서 조선과 미국의 관계를 험악하게 만드는 것이 이토 히로부미의 전략인 것 같습니다. 하지만 그 전략도 끝내 우리에게 막힐 겁니다. 놈들은 우리가 이렇게 많은 증거를 가지고 있다는 것을 모릅니다."

이토 히로부미의 음성이 담긴 녹취록이 있었다.

그리고 송병준의 거처에서 촬영된 맹약서가 사진 속에 담겨 있었다.

그가 흑룡회에 속한 일본인들과 함께하며 이야기를 나누

는 모습이 영상으로 촬영됐다.

협길당에서 궁내부 관리를 비롯한 모든 사람들이 배제된 가운데 이희가 김인석, 장성호와 함께 증거물을 살폈다.

영사기를 통해서 무슨 이야기가 오갔는지를 확인했다.

귀에 꽂혀있던 무선 이어폰을 빼고 이희가 격노했다.

조선은 아직 망국의 위기에서 온전히 벗어난 상태가 아니었다.

"방심했군. 조선이 부강해지고 있어서 마음 놓고 있었는데 이런 일이 일어나다니……."

"일본의 발악입니다. 그리고 사람은 애국으로만 먹고 사는 존재가 아닙니다. 원하는 것이 사람마다 다르고 누군가는 권력과 권위를 원하기도 합니다. 그것은 국적과 상관없을 수 있습니다."

"마치 이놈들이 매국노였다는 걸 말하는 것 같군."

"매국노입니다. 역사가 바뀌지 않았다면 말입니다. 그리고 드디어 본색이 드러났습니다."

"……."

장성호의 이야기를 듣고 이희가 인상을 굳혔다.

그동안 궁금하게 생각했지만 미래 후손들을 믿고 나라를 파는 이들에 대해서 묻지 않았다.

그들이 누구인지 드디어 알게 됐다.

"전하의 편견을 지워드리기 위해서 죄를 짓지 않았기에

미리 처벌하지 않았습니다."

"그랬지."

"하지만 그동안 자라왔던 환경, 교육, 그로 인해서 세워진 이념과 추구하는 것이 있었을 겁니다. 그래서 저희들이 알고 있는 매국노들을 그대로 쓰되, 나라의 운명을 결정짓는 자리에 쓰지 않도록 주의를 기했습니다. 그러나 이제 죄인들이 죄를 지었으니 알려드립니다. 죄인들은 조선의 외교권을 일본에게 넘기고 전하 앞에서 일본 천황 폐하 만세를 부르짖고 끝내 전하의 옥새를 빼돌려 일본의 강제 병탄에 합의를 이루는 매국노들입니다. 그리고 일본으로부터 보상금을 받고 호의호식하게 되는 자들입니다. 이들에 대해선 전하께서 편견을 가지셔도 됩니다."

그들의 진짜 운명을 전해 듣고 이희가 뿌드득 이를 갈았다.

송병준에게 협력하는 죄인들의 명단을 확인했다.

자신의 심정을 세 사람에게 말했다.

"조선이 사형 제도를 교수형과 총살형으로 정한 것이 한맺힐 지경이다. 이놈들을 오체분시하고 삼족을 멸해도 시원하지 않을 것이다. 그러나 과인은 더 이상 과거로 돌아가지 않을 것이다. 죄인을 일망타진할 계획을 세우라. 그리고 일을 벌이는 일본에게 복수할 계획을 세우라. 과인은 백성을 지키기 위해 수단과 방법을 가리지 않을 것이다."

"예. 전하."

"어명을 받들겠습니다."

이희의 명을 받고 장기판 위에 역적들을 놓았다.

일본과 조선에서 확보된 증거를 종합해서 죄인들이 빠져나갈 수 없도록 탈출구를 막았다.

그리고 미끼를 준비했다.

광문일보와 한성일보를 비롯해서 나라의 큰일을 백성들에게 알렸다.

안경을 고쳐 쓴 선비가 훈민정음이 쓰여 있는 신문을 읽었다.

"부산포의 새로운 부두가 완공된다고?"

"화물선 정박을 위해 큰 거중기가 제대로 설치된 부두라는군."

"신부두를 통해서 조선이 무역 강국이 될 것이라고 쓰여 있어."

"더 많은 물산과 뛰어난 인재가 조선에 모일 거야. 이제 조선이 동양의 중심국이야. 우리도 영길리나 불란서처럼 될 수 있어!"

"그래!"

대형 화물선을 정박시킬 수 있는 부두가 부산에서 곧 완공될 예정이었다.

그 완공식에 이희를 포함해 조정의 주요 인사들이 방문하기로 결정되었다.

민자영과 김인석, 장성호, 유성혁, 박은성을 비롯해 천군에 속해 있던 많은 인물들이 참석할 예정이었다.

그리고 무역을 위한 부두 완공식에 외국 공관원들도 참석하기로 했다.

그중에는 조선과 밀접한 교류를 이루는 미국 공관원들이 다수 있었다.

그에 관한 소식을 송병준이 포착했다.

"부산포에 독재자들이 모인다고 하오. 무역부두 완공식 날이 곧 거사 일이오. 단상에 폭탄을 설치하고 터트려서 혁명을 일으킬 것이오. 세부 계획에 맞춰서 관리들을 통제해 주시오."

포섭된 고관들을 통해 폭탄을 몰래 반입시켜서 터트리려고 했다.

그러한 계획을 들은 이지용과 박제순이 고개를 끄덕였다.

그들은 식장의 배치와 구조 등을 송병준에게 알려줬다.

그로부터 며칠이 지나 부산항 신부두에서였다.

단상이 설치되고 많은 백성들이 모였다.

그리고 김홍집과 김인석 등이 미리 와서 대기했다.

기자들을 포함해 북적이는 사람들과 그 뒤로 보이는 큰 거중기들을 보면서 김홍집이 미소 지었다.

"세상이 우리를 주목하고 있소. 당당해져 가는 우리 조선을 말이오. 이 부두의 완공으로 조선은 당당한 무역국이

될 거요. 전하께서 계시고 천군이 있어서 참으로 다행이
오."

김홍집의 감사에 김인석이 멋쩍게 미소 지었다.

그리고 곁에 서 있던 이완용을 쳐다봤다.

또렷한 것 같으면서도 맹하게 보이는 눈동자였다.

그것이 그가 어떤 생각을 하는지 전혀 알 수 없게 만들었
다.

송병준의 음모에 있어서 그가 빠져 있었다.

'설마, 우리가 파악하지 못한 곳에서 일을 벌이는 것은
아니겠지?'

역사적으로 악명이 높았다.

그러했기에 의심할 수밖에 없었다.

그러나 그가 남겼던 행적을 기억하면서 그가 변절할 수
있는지 없는지를 가늠했다.

적어도 그는 친일파가 아니었다.

'미국에 나라를 팔진 몰라도 일본은 아니야. 아직은 친미
파니까. 심지어 러일전쟁이 터지기 전만 해도 이완용은 친
러파였어.'

그는 산업부대신으로 통상부대신과 함께 완공식을 책임
지고 있었다.

그런 이완용을 슬쩍 보고 앞을 보면서 모인 군중의 얼굴
을 확인했다.

그 속에 조선을 위협하는 외적과 반역자들이 있었다.

조정 대신들과 함께 서서 외국 공관원들과 이희가 오기를 기다렸다.

그때, 단상 아래에서 장성호가 올라왔다.

"왔는가?"

"예. 부총리대신."

"이제 내려가면 되는가?"

"그렇게 하시면 됩니다. 지금 피하셔야 됩니다."

곁에 있던 김홍집이 놀라서 물었다.

"내려가다니? 피하다니, 그게 무슨 소리요?"

단상의 대신들이 장성호를 쳐다보았다.

장성호는 주위를 살피면서 대답했다.

소란이 일어나지 않도록 작은 목소리였다.

"시한폭탄이 설치됐습니다."

"뭐, 시한폭탄⋯⋯?"

"예. 단상 아래에 말이죠. 외국 귀빈들과 전하께서 오셔서 행사가 시작되면 도중에 터질 겁니다. 그러니 지금 모두 피해야 됩니다. 급히 피하면 범인들이 난동을 부릴 수 있으니 조용히 하셔야 됩니다."

"아⋯알겠소⋯⋯."

"따라와 주십시오. 이쪽입니다."

"⋯⋯."

급작스러운 일에 모두들 당황스러운 듯했다.

그러나 장성호가 차분히 말하면서 대신들을 진정시켰

다.

그를 따라 천천히 단상에서 내려왔고 멀리 떨어지면서 안전한 곳까지 향했다.

궁내부협판인 이지용이 멀리서 그것을 보고 이상하게 느꼈다.

'뭐야…? 갑자기 왜……?'

그리고 기자들을 통제하는 관리들을 봤다.

밀려나는 기자들이 아우성을 쳤다.

"갑자기 여기서 물러나야 한다니요? 그게 무슨 뜻입니까?"

"완공식이 취소되었소."

"예? 갑자기요?"

"그렇소."

"이게 무슨……."

"위에서 내려온 지침이라 어쩔 수 없소. 전하께서 행차하시지 않을 거요."

무슨 이유로 완공식이 취소됐는지 몰라 고개를 좌우로 흔드는 기자들이 있었다.

그리고 눈치 빠른 기자들 중 일부는 혹시나 하는 생각으로 긴급한 일이 생긴 것이라고 여겼다.

그것은 무척 폭력적인 일이었다.

단상에서 떨어져서 자리를 피했을 때 장성호에게 한 대신이 인상을 굳히면서 물었다.

"장대감."

"예."

"혹, 일본과 관련된 일이오?"

이완용이 인상을 굳히면서 장성호에게 물었다.

처음으로 표정을 드러내는 이완용을 보면서 장성호가 속으로 잠깐 놀랐다.

그리고 이내 대답했다.

"예. 그리고 더 있습니다."

"누굴 말이오?"

"간적을 도운 자들 말입니다. 이제, 놈들을 소탕할 겁니다. 일본의 첩자가 된 송병준과 죄인들을 소탕할 것입니다."

그의 어깨 너머에 있던 이지용에게 시선이 향했다.

장성호가 자신을 쳐다보고 있다는 것을 이지용이 알게 됐다.

'이런! 발각됐다!'

곁으로 근위병들이 와서 팔을 붙들었다.

그와 박제순과 이병무가 붙들렸고 그 외의 고관들이 붙들리면서 웅성거리던 사람들이 침묵했다.

갑자기 일어난 일에 사람들이 놀랐다.

"뭐야?"

"대체 무슨 일이야?"

"근위병들이 영감과 관리들을 체포하고 있어."

"큰일이 일어난 것 같아!"

사진기를 들고 체포되는 이지용과 고관들을 찍었다.

그때 근위병들이 몇 사람을 향해서 사방에서 달려갔다.

그들은 조정에서 촬영 허가를 받은 기자들이었다.

그리고 간적들이었다.

달려오는 근위병들을 보고 간자들이 급히 몸을 날렸다.

"들켰어!"

"어서 도망쳐!"

일본어가 울려 퍼졌고 포위망에서 보이는 틈을 향해 전력으로 달렸다.

그러나 그 틈은 이내 닫히게 됐다.

궁지에 몰린 범인들이 품 안에 있던 총을 꺼냈다.

"빌어먹을!"

탕!

"큭!"

타탕!

"윽……!"

미처 방아쇠를 당기기도 전에 근위병이 먼저 총성을 일으켰다.

간자들이 총탄을 맞고 쓰러지자 신속히 근위병들이 달려들어서 신병을 확보했다.

쓰러진 간자 중 몇 명은 치명부위를 피해서 발버둥 칠 수 있었다.

"놔라!"

"개같은 조선인 놈들!"

계속해서 일본어가 튀어 나왔다.

근위병들은 일본인으로 여겨지는 간자들을 봐주지 않고 폭행하면서 팔을 뒤쪽으로 당긴 뒤 신속히 포박했다.

그 모습을 기자들이 보고 사진을 찍었다.

순식간에 신부두 완공식이 아수라장이 됐다.

그 가운데 귀빈으로 참석하는 외국 공사관원들이 도착했다. 수선한 분위기에 마차에서 내린 공관원들이 어리둥절했다.

미국 전권 공사가 된 알렌이 외부 관리에게 물었다.

"지금 무슨 일이 일어난 거요?"

사정을 파악하고 관리가 영어로 대답했다.

"식장에 간첩이 폭탄을 설치했다고 합니다. 그래서 범인들을 막 체포한 상황입니다."

"간첩에 폭탄이라니… 맙소사… 그래서 어떤 나라의 간첩인 거요?"

"일본입니다."

"일본?"

"아무래도 조선과 미국의 우호를 방해하기 위해서 일을 벌인 것 같습니다. 그래도 범인을 체포할 수 있어서 다행입니다."

사정 설명을 들은 공관원들이 탄식을 터트리면서 수군거

렸다. 알렌은 큰일을 당하기 전에 범인이 잡혀서 다행이라고 생각했다.

흑룡회 회원들과 함께 있던 송병준이 붙잡혔다.

근위병들에게 붙들려서 끌려갈 때, 막 식장에 도착한 외국 공사관원들이 눈에 들어왔다.

그리고 알렌을 비롯한 미국 공관원들을 보게 됐다.

그들을 반드시 죽여야 한다는 생각이 들었다.

'저놈들을 죽이면 결국 조선인이 미국인을 해한게 된다! 반드시 죽여야 해!'

생포된 흑룡회 회원들은 절대 입을 열지 않을 것이라고 생각했다. 최소한 미국이 조선을 의심하는 상태를 만들어야 한다고 판단했다.

반드시 복수하겠다는 의지로 붙잡고 있던 근위병들을 튕겨냈다. 그리고 온힘을 다해서 식장에 도착한 공사관원들에게로 달려갔다.

그때 앞에서 그림자가 졌다. 눈앞에서 별이 보였다.

퍽!

"큭!"

누군가 얼굴을 향해 주먹을 날렸다. 송병준을 쓰러트리고 손을 털며 쓰려려 하는 대신이 있었다.

한쪽 눈이 심하게 멍든 송병준이 고개를 들며 자신의 돌진을 저지한 사람을 올려다봤다. 그는 이완용이었다.

"감히, 조선을 지켜주는 나라의 국민을 위협하다니! 전

200

하의 용서를 거부한 이유가 고작 이딴 짓을 위해서였는
가?!"

"무…무어라?!"

"천지분간 모르고 설치는 네놈은 어떤 것도 이루지 못할
거다! 미국의 등을 타고 조선은 높이 비상할 것이다! 송병
준!"

"이완용! 네 이놈!"

호통을 들은 송병준이 크게 소리쳤다.

이완용은 그를 노려보고 있었고 멀리서 두 사람을 장성
호가 지켜보고 있었다.

맨주먹으로 송병준을 저지한 이완용의 행동이 당황스러
웠다. 조선을 일본에 팔아넘긴 작자가 나라를 위해서 애쓰
고 있었다.

그런 일을 기이하게 여긴 것은 유성혁도 마찬가지였다.

그때, 김인석이 두 사람에게 말했다.

"처세술이 뛰어난 사람의 특징이 무엇인 줄 아는가?"

"무엇입니까?"

"지는 편에는 절대 서지 않는다네. 그래서 나라가 강할
땐 누구보다 충신이고 위급할 땐 누구보다 빠르게 변절하
는 법이지. 그것이 바로 매국노들의 특징일세."

역사가 바뀌었다고 40년 동안 만들어진 성격과 성향이
바뀔 순 없었다.

결정적인 순간에 치고 나가 점수를 따는 자였다.

평소 표정을 잘 드러내지 않다가 자신의 운명을 결정짓는 순간에 감정을 폭발시키는 인물이었다.

　단호한 모습으로 죄인을 심판하는 위엄을 보였다.

　그리고 따라온 근위병들에게 압송을 지시했다.

　"압송하시오!"

　"예! 산업부대신!"

　그러면서 자신의 행동에 대해 스스로 만족했다.

　'기자들이 많다! 내가 저놈을 맨손으로 때려잡았으니 곧 전하와 백성들의 관심이 내게 쏠릴 것이다! 그리고 미국인들에게도 내가 영웅으로 여겨지게 될 터! 나 이완용이, 이제 조선에 큰 영향을 끼치는 인물이 되는 거다!'

　그는 앞으로 일어날 일들을 미리 상상했다.

　그리고 조선의 총리가 되고 백성들로부터 열띤 지지를 얻는 것을 상상했다. 역사에 길이 남을 위인이 될 것이라고 부푼 꿈을 꾸고 있었다.

　그때, 포박되던 송병준이 몸을 틀어서 근위병들을 밀어냈다.

　그러자 옷이 찢어지면서 몸을 감싸는 폭약이 드러났다.

　마치 시간이 정지된 것처럼 사람들의 사고가 정지됐다.

　'폭탄?!'

　근위병 중 하나가 급히 총을 들고 송병준을 향해서 발포했다. 그리고 그의 가슴이 꿰뚫렸다.

　휘청거리던 송병준이 정신을 잃을 뻔했다.

그러나 불타는 복수심으로 신관에 걸린 끈을 잡았다.

"조선은 반드시 망할 것이다! 내 반드시 저승에서 그것을 보며 웃을 것이야!"

"피… 피해라!"

콰아앙!

크악!

폭탄이 터지면서 근위병 중 일부가 휘말렸다.

가까이에 있던 이완용은 흔적도 없이 사라졌고 주변에 흩어진 살점과 파편만이 그였다는 것을 증명했다.

멀리서 일어난 폭발을 보고 알렌과 외국 공사관원들이 움찔했다. 그리고 장성호와 김인석이 황당함을 느꼈다.

"이완용이 죽다니……."

"이거 참."

유성혁도 이완용의 폭사를 보고 기막힌 표정을 지었다.

급히 김홍집이 지시를 내렸다.

"속히 사람들을 대피시키게! 그리고 부상자들을 후송하게! 어서!"

"예! 총리대신!"

"어떻게 이런 일이……!"

조정 대신이 폭사해서 숨졌다.

그 충격이 어마어마했다.

신음하는 근위병들을 다른 근위병들이 와서 후송하려 했다. 기자들은 두려움 속에서도 사진 촬영을 그치지 않으며 식장에 있었던 일을 사람들에게 알리려고 했다.

그때 '쾅!'하는 소리와 함께 단상이 산산조각 나면서 깨져버렸다. 놀란 공사관원들 중 일부가 주저앉았다.

만약 예정대로 귀빈석에 올라섰다면 죽었을 수도 있다고 생각했다. 미리 사람들이 단상에서 피했기에 더 이상의 희생자는 없었다.

사람들은 멍한 상태로 한동안 가만히 있다가 눈앞에 펼쳐진 일이 현실이라는 것을 알았다.

장성호가 근위대장에게 직접 지시를 내렸다.

"사람들을 대피시키게."

"예! 특무대신!"

그리고 그를 본 알렌이 성큼성큼 걸어왔다.

장성호의 어깨를 붙잡으면서 무슨 일인지 알려 했다.

혼란에 빠진 상태에서 오직 그와 천군으로 알려진 사람들만이 담담했다.

"도대체 무슨 일이 일어난 거요?"

"……?"

"어서 말해주시오. 알고 있잖소? 나와 외국 공관원들이 죽을 뻔한 게 맞소?"

그 물음에 장성호가 고개를 끄덕이며 대답했다.

"일본이 벌인 짓이오."

"뭐…뭐요?"

"우리와 미국의 관계를 험악하게 만들기 위해서 우리 내

부의 불만을 가진 자들을 통해 미국 공사관원들을 죽이려
고 했소. 자세한 것은 차후에 알려 주겠소. 지금은 혼란에
빠진 식장을 수습해야 되오. 일단 한양에 돌아가 있으시
오."

일본이 벌인 짓이라는 말에 알렌의 뒤통수가 얼얼했다.

그와 부산포에 온 외국 공사관원들은 근위대의 호송을
받으며 부산역으로 돌아갔다. 그리고 기자들은 쉴 새 없이
사건 현장을 사진기로 찍었다.

성대한 완공식이 치러져야 할 식장이 아수라장이 됐다.

정돈이 제대로 되지 못한 상태에서 오직 사람들만 안전
하게 대피시켰다.

이틀이 지나 이희에게 보고가 전해졌다.

범인들이 모두 체포되고 송병준을 도운 흑룡회의 회원들
도 체포됐다. 장성호로부터 그에 관한 이야기를 듣고 이희
가 한숨을 쉬었다.

"일본의 음모는 잘 막았는데… 참으로 아까운 사람을 잃
었군."

이완용을 두고 하는 말이었다.

그 말을 듣고 장성호가 주위를 살피고 조심히 입을 열었
다. 그는 이완용 또한 매국노였다는 것을 알렸다.

"산업부대신도 조선을 일본에 넘기는 자입니다."

"무어라……?"

"처세술이 뛰어난 사람입니다. 때문에 누구보다 자신에

게 유리한 길을 아는 자입니다. 나라가 강할 땐 충신일지 몰라도 위태로울 땐 매국노 중의 매국노입니다. 이완용은 그런 자입니다."

"설마 산업부대신이 친일파를 모두 이끌었는가?"

"예. 중전마마께서 시해 당하신 후에 아라사 공사관으로 전하께서 피신하신 후 친러파가 됩니다. 그리고 아라사가 일본에게 패전했을 때, 극열한 친일파가 되고 나라를 넘깁니다. 그러니 그자가 지은 죄가 없더라도 마음 아파하실 이유는 없습니다. 그저 장례만 성대하게 치러주시옵소서."

충격 속에서 이희가 이완용의 실체를 알았다.

아무 말 못하다가 자조 섞인 말투로 말했다.

"믿을 자가 한명도 없군."

"그래도 이만하길 천만다행입니다."

"그래… 맞는 말이다. 경을 비롯한 후손들이 있는 한 조선이 망할 일은 절대 없겠지. 경이 아는 매국노와 짐이 아는 산업부대신이 다른 인물이니, 과인은 성대한 장례로 하여금 조선의 미래를 자신할 것이다. 경이 이를 준비하라."

"예. 전하."

이희는 이완용에 대한 마음을 정리하고 수습을 장성호에게 맡겼다. 그와 함께 일본에 대한 보복을 준비하라고 어명을 내렸다.

조선에서 일어난 거사 결과를 일본의 위정자들이 기다리

고 있었다.

　태정관에서 야마가타가 보고를 기다렸다. 그리고 회의 도중에 외무성에서 온 관리가 사이온지에게 보고했다.

　보고문을 읽고 미간을 바짝 끌어당겼다.

　"⋯⋯?!"

　불길한 기분이 들었다.

　야마가타가 사이온지에게 물었다.

　"어떻게 되었소?"

　그 물음에 바로 대답할 수 없었다.

　집에서 보고를 기다리던 이토에게도 결과가 전해졌다.

　흑룡회의 회장인 '우치다 료헤이'가 찾아왔다.

　양복이 아닌 일본의 전통 옷을 입고 찾아온 우치다가 참담한 표정을 지으며 무릎을 꿇었다.

　그로부터 거사가 실패했다는 이야기를 이토가 들었다.

　"뭐라고 했나? 거사에 실패했다고⋯⋯?"

　"예⋯! 이토공! 그리고 들리는 소식에 조선이 우리와 관련한 증거를 가지고 있다 합니다!"

　"뭐라고?!"

　"한양에 주재한 공사관원들을 상대로 공개하겠다고 했습니다!"

　"어떻게 이런 일이⋯⋯."

　깊이를 알 수 없는 불길함이 엄습했다.

　조선이 증거를 공개하겠다고 예고까지 했으니 분명 일본

에 치명적인 증거가 나올 것이다.

조선의 증거 공개를 반드시 막아야 했다.

"막아야 한다! 그렇지 않으면 우리가 조선에 먹힐 거야!
놈들의 증거 공개를 막아야 해!"

"이토공, 고정을……!"

"으아아악!"

토혈하듯이 비명을 지르면서 절규했다.

같은 시각 자택에서 똑같은 보고를 들은 이노우에는 아
예 주저앉아서 한동안 일어나지를 못했다.

앞으로 일어나게 되는 일들이 거짓말이기를 원했다.

일본의 미래에 암운이 드리워지고 있었다.

징벌의 시간을 맞이하다

어둠 속에서 사람들의 눈동자가 빛났다.

벽에 걸린 하얀 천에 한 나라의 미래를 결정짓는 일들이 새겨지고 있었다.

방 안에 일본어가 가득 울려 퍼지고 있었다.

—송병준, 그자를 이렇게 요긴하게 쓸 줄은 몰랐소. 이래서 우리에게 도움을 청하는 자들을 잘 돌봐줘야 하오. 충성스런 우리의 수족이 될 테니 말이오. 그의 망명을 받아주길 참으로 잘했소.

조선에 불만을 가진 자들을 이용한다는 말이 울려 퍼졌다.

이어 폭탄으로 김홍집과 김인석, 장성호, 유성혁 등을 죽이고 그들에게 권력을 가질 수 있도록 해주면 협조할 것이라고 했다.

그리고 폭탄을 터트리면 미국 공관원들이 죽을 것이라는 말이 나왔다.

조선에서 권력을 잡은 자들의 만행에 미국과 멀어지고 미국이 일본을 도울 것이라는 말도 나왔다.

그 말을 한 사람들은 이토와 이노우에와 사이온지였다.

두 사람은 일본의 전임 대신들이었다.

사이온지는 정부에서 일하는 외무성 대신이었다.

통역을 듣고 녹취록을 듣는 알렌의 표정이 일그러졌다.

그와 함께 독일과 프랑스, 영국 공사들의 표정도 단번에 일그러졌다.

러시아 공사는 참담한 표정을 지으면서 그 대화를 듣고 있었다.

이어서 송병준이 이지용과 죄인들을 속이며 포섭하는 모습이 영상으로 나타났다.

[폭탄을 통해 놈들을 폭사시킬 거요. 범죄국가로 일본이 지목될 것이기에, 여기 모인 사람들이 책임질 일은 없을 거요. 오직 단상에 근접할 수 있도록 길만 열어 주시오. 그러면 거사를 치르고 권력을 손에 쥐게 될 거요. 나는 김옥균과 버림받은 개화인들에 대한 복수를 이룰 것이오.]

그리고 이번에는 야마가타와 사이온지의 모습이 영상으로 나타났다.

이번 일에 일본 정부 전체가 관여되어 있었다.

[조선에서 이지용과 무리들이 권력을 잡으면, 폭탄을 터트린 자가 송병준이라 말하고 우리에게 책임을 씌울 것이오. 그러나 그때 송병준과 흑룡회 회원들은 우리에게 돌아와 있을 테니 그 일을 증언할 자는 조선인 외에 아무도 없소. 그가 입출국한 기록도 없으니 그저 시치미 떼면서 관여한 바가 없다고 하시오. 증거가 없으면 결국 조선인들이 벌인 범죄가 될 것이오. 그리되면 미국은 결국 조선을 버릴 것이오.]

그동안 숨겨졌던 음험한 계획이 공개됐다.

영상이 끝나고 불이 켜지자 굳게 닫혀 있던 사람들의 입에서 탄식이 흘러 나왔다.

어떤 자는 한숨을 쉬었고 어떤 자는 주먹을 쥐면서 크게 분노했다.

이따금씩 공개되지 않는 방법으로 조선이 증거를 보여주는 일이 있어서 따로 증거를 어떻게 취했는지는 묻지 않았다.

물어도 대답을 들을 수 없었다.

그저 일본이 저지른 짓이라는 것에 주목했다.

영국 공사인 조던이 분개했다.

"…일본이 터무니없는 짓을 벌였군."

독일공사가 조던의 생각에 동의했다.

"맞소. 부정할 수 없는 증거들이 공개되었소. 마땅히 일본은 대가를 치러야 하오."

파장의 크기가 실로 가늠할 수 없을 지경이었다.

특히 자신이 표적이 되었다는 생각에 함께 증거를 목격한 알렌의 분노가 제일 컸다.

그는 주먹을 쥐고 의자 난간을 몇 번이나 두드렸다.

그리고 안경 속에서 매서운 눈빛을 보이며 증거를 공개한 장성호에게 물었다.

그와 이범진이 함께 있었다.

"특무대신."

"말하십시오."

"일본의 책임이 명백하오. 그리고 당연히 대가를 치러야 하오. 이제, 조선은 어떻게 할 것이오?"

그리고 장성호가 차분하게 대답했다.

"일단 체포된 죄인들을 처벌할 겁니다. 체포된 일본인들을 포함해서 말입니다. 그들을 벌한 뒤에 증거를 토대로 일본 정부에게 책임을 물을 겁니다."

"일본 정부가 이 일을 인정하겠소?"

"부정도 못할 겁니다. 아마 무시하는 것으로 넘기려 할 겁니다. 그리고 그땐 아국에서 중대조치를 내릴 겁니다.
그것이 무엇인지는 그때가 되면 알 겁니다."

단호한 어조로 중대한 조치가 있을 것임을 알렸다.

알렌과 조던을 비롯한 공사들은 어쩌면 그것이 되돌리기
어려운 선포가 될 수 있다는 생각을 했다.

그러나 그 선포가 무엇인지에 대해 따로 묻지 않았다.

이윽고 마땅한 순서대로 조치를 내려졌다.

체포된 죄인들을 구속하기 위해 검찰청에서 대법원으로
구속영장을 신청했다.

그리고 영장이 발부되자 죄인들은 한성군 옥사에서 새로
건설된 구치소로 이감됐다.

그곳에서 숙식을 해결하며 조사를 받기 시작했다.

검사가 손이 묶인 이지용을 상대로 조사하고 있었다.

책상을 내려치면서 그에게 호통을 쳤다.

"감히 전하를 시해하기 위한 모반죄를 벌이다니! 이미
네놈의 죄를 입증한 증거는 충분히 있어! 어서 인정하지
못할까?!"

"⋯⋯."

"예전처럼 네놈의 살과 뼈를 발라내지 못하는 게 한이
다!"

"⋯⋯."

분노가 가득 찬 검사는 이지용을 고문하고 싶었다.

그러나 그럴 수 없다는 사실에 크게 안타까워했다.

이지용은 입을 다문 상태로 자신에게 주어진 묵비권을 계속 행사했다.

특별 심문실 2층에서 장성호와 검찰청장이 된 이준이 지켜보고 있었다.

장성호는 심문 과정을 보다가 조사 기간이 짧으면 안 된다는 것을 이준에게 알렸다.

조선에게 필요한 것은 시간이었다.

"죄인들에 대한 판결을 내리면 곧장 후속조치를 내려야 됩니다."

"일본에 대한 조치를 말입니까?"

"그렇습니다. 어떻게 될지 모르지만 최악의 상황을 미리 준비할 겁니다. 여태 그래왔지만 그 준비는 더욱 빠르게 이루어 질 겁니다."

냉철함이 시선 속에 묻어 있었다.

비록 조선에 유리한 정세가 펼쳐져 있었지만 그것을 바로 믿지 않았다.

모든 변수를 넣고 최악의 상황을 가정했다.

죄인들에 대한 구속 수사는 최소 몇 개월 이상 걸릴 일이었다.

그 사이에 많은 것들을 준비해야 됐다.

장성호는 집으로 돌아와서 무전통신기를 켰다.

수화기를 들고 뉴욕에 있을 성한에게 연락했다.

성한의 목소리가 수화기 안에서 울려 퍼졌다.

―유성한입니다. 부장님.

"장성호입니다. 그 동안 별일 없었습니까?"

―크게 별일은 없었습니다. 그런데 조선에서 큰일이 있었다고 들었습니다.

"이토 히로부미가 벌인 짓입니다. 놈이 폭탄 테러로 미국인들을 죽이려 했습니다. 그리고 그럭저럭 막았습니다. 어제 들었기에 아시겠지만 이완용이 죽었습니다."

―충신이 되어 죽었겠군요.

"예. 하지만 중요한 것은 아닙니다. 중요한 것은 조선이 무탈하고 우리가 무사한 것이니 말입니다. 해서 앞으로 할 조치에 대해서 말씀드리자면, 죄인들을 처벌하고 일본을 상대로 책임을 물을 생각입니다. 상황에 따라서는 전쟁을 치러야 합니다. 현재 전함 8척이 있지만 그것만으로는 부족합니다. 전함을 보조할 수 있는 순양함이 필요합니다."

―미 해군에 납품할 순양함들을 보내야겠군요.

"우리 쪽으로 보내주실 수 있겠습니까?"

―가능할 겁니다. 조선 정부에서 사겠다는 연락만 있다면 말입니다. 어떻게 보면 전쟁이 일어나도 이상하지 않을 상황인데, 조선을 잃는 것은 미국 정계에게도 큰 손해고 정치인들에게도 금전적으로 큰 손해를 끼칩니다. 그렇다고 직접 일본을 상대할 수 없으니 허가해 줄 겁니다.

"그러면 설계도와 운용을 위한 훈련서를 미리 보내주십시오. 보름 안에 징병제가 실시되는데 미리 장병들을 훈련시켜야 합니다. 반년 뒤에 중대조치가 내려질 겁니다."

─알겠습니다. 참고로 함포는 포탑당 문 수가 줄어들었지만, 단군함과 같은 함포를 쓰기에 새로 배울 일은 없을 겁니다. 엔진도 동일하고 함정 조종법도 같습니다. 보내는 김에 대한로드쉽에서 연구 중인 새 군함의 설계도도 보내겠습니다. 아마 그것은 조선에서도 건조할 수 있을 겁니다.

"그것이 무엇입니까?

─보시면 아실 겁니다.

새 군함이 무엇인지 성한이 제대로 대답하지 않았다.

때문에 오히려 더 큰 기대감을 나타냈다.

이틀 뒤 장성호의 집으로 성한이 보내주기로 한 자료들이 수신됐다.

통신기와 연결된 컴퓨터 안에 자료들이 저장되면서 미국 정부와 협상을 치를 순양함이 어떤 함정인지 볼 수 있었다.

장성호와 유성혁이 함께 그것을 확인했다.

성혁은 성한이 보낸 자료를 읽고 있었다.

전체적인 형태가 그림으로 표현되어 있었다.

"전장 125미터에 선폭이 20미터입니다."

"순양함 치고는 선폭이 있군."

"장갑을 두껍게 하기 위해서인 것 같습니다. 그래서 배수량도 9360톤으로 적은 편이 아닙니다. 속력도 25노트

218

로 매우 빠릅니다. 다만 포탑당 함포가 2문으로 줄었습니다."

"우리가 개발한 장약을 쓰면 적전함보다 사정거리가 길 테니 그 정도면 충분해. 어뢰발사관으로 적 함대를 공격할 수도 있고 말야. 정말 잘 만들어진 순양함이야."

"이것 말고 형님이 보낸 다른 군함의 자료를 열겠습니다. 특별한 군함이라고 했는데 정말 기대가 됩니다. 이것 인 것 같습니다."

"열어보게."

"예."

새로운 군함의 자료를 성혁이 열었다.

그러자 보통의 군함과 전혀 다른 형태를 지닌 군함이 그 림으로 나타났다.

그것을 보고 장성호의 미간이 좁혀졌다.

"이것은……."

그리 크지 않은 군함이었다.

그러나 치명적이었다.

그것은 적의 만행을 몇 배로 갚아줄 수 있는 군함이었다.

이범진이 알렌을 만나 군함을 사겠다는 의사를 전달했 다.

그러한 문의는 두달이 지나 미국 정부에 알려졌다.

대통령인 매킨리가 국무장관과 전쟁부장관을 불렀다.

두 장관은 '존 헤이'와 '엘리후 루트'로 임명되어 있었다.

헤이로부터 보고를 받고 루트와 의견을 나눴다.

"조선에서 순양함 12척을 주문했는데 어찌 생각하오?"

루트가 헤이에게 의견을 전했다.

"각하께서도 아시겠지만, 일본은 우리 공사관원들을 죽이고 조선과의 관계를 망치려 했습니다. 그에 대한 응징 차원에서 순양함 12척을 판매하셔도 됩니다. 조선이 12척의 순양함을 인수한다고 일본의 해군 전력을 넘어서진 않습니다. 훈련 기간 때문에 위협적인 모습만 보일 겁니다. 그 사이 일본도 전력을 갖출 것이기에 두 나라는 균형을 이룰 겁니다."

"조선을 우리 무역 기지와 생산 기지로 삼아야 하는데, 나름 조선을 지키고 일본에 경고를 줄 수 있으니 적절한 방법이겠군. 대한로드쉽 사장에게 말해서 건조 중인 순양함을 조선에서 살 것이라고 알려 주시오. 조선에 순양함을 팔아서 미국의 전략적 이익을 지킬 것이오. 그리고 국무 장관은 일본에 이번 일에 대한 경고를 지속적으로 전하시오."

"예. 각하."

미국 정부는 순양함 판매를 허가했다.

루트는 대한로드쉽 사장에게 연락해 건조되는 순양함이 조선에게 판매될 것임을 알렸다.

그 사이 조선에서도 새로운 군함이 건조되고 해군에 인수됐다.

조선소가 건설되는 와중에 작은 배들이 함께 건조되었다.

배수량만 200톤 남짓한 작은 군함으로 포드모터스에서 수입된 엔진으로 해상을 달릴 수 있는 고속정이었다.

함수에는 20밀리미터 구경의 전동 개틀링이 탑재되어 있었다.

그러나 그것은 함포라 부르기에 민망한 것이었다.

고속정 양측으로 원통이 노출되어 있었다.

그것을 허윤과 이원회가 쳐다보고 있었다.

"저 발사관에서 어뢰가 발사됩니다. 튀어나간 어뢰가 바다 속으로 들어가면 상어가 되어서 적 함정에게 달려가 물어뜯을 겁니다. 군함에게 치명적인 함저를 뚫을 겁니다."

허윤의 설명에 이원회가 고개를 끄덕였다.

어쩌면 조선의 바다를 지키는 데에 눈앞에 보이는 작은 배들이 큰 역할을 할 수 있다는 생각이 들었다.

그때 조선소 한쪽에 막 건조를 시작한 군함의 모습이 보였다.

"저것이 이번에 건조를 시작한 특수함이오?"

"예. 제독."

"어뢰정보다 조금 큰 군함이군. 뭐라고 부르는 군함이오?"

이원회의 물음에 허윤이 대답했다.

"잠수정입니다. 그리고 어뢰정과 비슷한 공격을 감행할

수 있습니다. 그러나 훨씬 더 치명적일 겁니다."

해군을 완벽하게 완성하기 위해서 보조함들이 건조되고 있었다.

그리고 수적 우세를 점하는 군함들을 운용하고 영토를 더욱 강하게 지키기 위해 징병제가 이뤄졌다.

1901년 1월이었다.

새해가 되면서 개편을 예고했던 많은 제도들이 실행됐다.

그중 하나는 징병제였다.

만 19세부터 만 30세에 이르는 청년들이 군에 입대하라는 영장을 받았다.

어떤 청년은 먼저 가기를 원해서 관아에 입대 신청을 했다.

그리고 어떤 청년은 영장이 오길 기다리면서 생업을 이뤄가고 있었다.

안씨 성을 지닌 청년이 신체검사를 받고 입대 신청을 해서 나라의 부름을 받았다.

안창호는 입대를 위해 한양에서의 생활을 마치면서 짐정리를 하고 선교사 언더우드를 만났다.

언더우드에게 허리를 굽히면서 인사했다.

"입대 영장을 받고 나흘 뒤 훈련소에 입소합니다. 그동안 감사했습니다. 선교사님."

"나라와 백성을 지키는 것만큼 숭고한 일은 없을 겁니

다. 하지만 무엇보다 정의로워야 합니다. 불의한 일에 절
대 굴하지 마십시오."

"예."

"가까이 오십시오. 기도하겠습니다."

안창호가 다가서자 언더우드가 그의 어깨 위로 손을 올
리고 눈을 감았다.

그리고 영어로 기도했다.

안창호 또한 하나님에게 기도하면서 갈등의 순간에서 물
러서지 않는 단단한 마음을 달라고 간청했다.

그리고 '아멘'으로 기도를 마무리했다.

언더우드가 안창호에게 축복이 있기를 소원했다.

"주님께서 함께 하십니다. 그 사실을 절대 잊지 마십시
오."

"예. 선교사님."

그는 인사를 마치고 구세학당을 떠나서 기차를 타고 평
양으로 향했다.

그런 뒤, 서쪽에 위치한 대동군으로 갔다.

그리고 이틀간 가족과 시간을 보냈다.

훈련소에 입소하는 날 아침, 창호는 어머니와 아버지 대
신 자신을 길러준 할아버지에게 큰절을 올렸다.

"부디, 건강하십시오. 할아버지."

"그래. 너도 건강히 군대를 다녀 오거라."

"예."

어머니가 눈물지었다.

그리고 거의 울먹이는 할아버지를 바라봤다.

한양에 가지 말라고 손자에게 말한 적이 있다.

하지만 손자는 그 말을 듣지 않고 가출까지 했다.

결국 손자는 장성하여 군에 입대하고자 했다.

안창호는 할아버지가 전역 때까지 건강하기를 간절히 원했다.

눈물을 뒤로 하고 그는 평양 동쪽에 위치한 훈련소로 향했다.

훈련소에 입소해 입고 있던 옷을 벗어서 상자에 넣었다.

훈련병들을 통솔하는 교관이 크게 소리쳤다.

"받은 군번의 번호를 똑같이 상자 윗면에 기입하라! 그러면 너희들의 옷은 집으로 정확히 송달될 것이다! 15분, 1각 남았다!"

창호는 상자 안에 옷을 넣고 윗면에 군번을 써 넣었다.

옆에서 필기구를 받길 기다리는 동기가 있었고 그에게 안창호가 필기구를 넘겼다.

고맙다고 말하면서 동기가 이름을 물었다.

"이름이 뭔가?"

창호가 대답했다.

"안창호일세. 자네 이름은 뭔가?"

동기가 대답했다.

"양기탁일세."

"양기탁?"

"그렇다네."

"혹시, 궁내부에서 영어 통역을 담당했던 그 양기탁인가?"

"그래."

"맙소사……!"

"놀라지 말게. 조정 관리도 예외 없이 입대해야 되니 말야. 요즘 세상에 양반과 백성이 어디 있겠나. 그저 나라를 위해서 함께 싸우고 지키는 것일세. 잘 부탁함세."

"형님이라 부르겠습니다!"

"그러지 말게. 동기니 말야. 전역하면 그때 형님이라 부르게."

"아…알겠네……."

"다시 잘 부탁함세."

"잘 부탁하네."

약간 긴 형태의 머리에 단추 구멍 같은 눈매를 가진 사람이었다.

그는 이름은 양기탁이었다.

만 23살인 안창호보다 7살 많았다.

만 31세면 훈련소에 입소하지 않아도 됐지만 한해가 모자라서 군역을 치를 수밖에 없었다.

그럼에도 아까워하지 않았다.

마땅히 나라를 지키고 백성을 지켜야 된다고 생각했다.

그 또한 개신교인이었기에 안창호와 통하는 것이 많았다.

한 일식 소총을 들고 무릎과 팔꿈치가 까지도록 땅을 기었다.

과녁을 향해 소총을 조준하고 방아쇠를 당긴 뒤, '수류탄'이라 불리는 솔방울 형태의 폭탄을 투척했다.

그들은 앞으로 보병에서 사용하는 모든 무기에 대한 조작법을 배웠다.

맥심 기관총을 기본으로 하는 한 이식 기관총을 포함해 '클레이모어'라고 불리는 신무기에 대한 운용법도 익혔다.

소부대 전술 훈련으로 공격과 방어 전술을 익히고 우수한 성적으로 두달 동안의 기초군사 훈련을 마쳤다.

군장을 꾸리고 막사 침상 위에 앉아서 대기했다.

그리고 안으로 들어온 교관이 명단에 쓰여 있는 이름을 호명하면서 배치되는 부대를 알려줬다.

이등병이 된 안창호의 이름이 호명됐다.

"안창호."

"이병, 안창호!"

"축하한다. 근위 1사단이다. 따라 크게 외친다, 근위 1사단."

"근위 1사단!"

이어 양기탁도 배치되는 부대를 알게 됐다.

"양기탁."

"이병, 양기탁!"

"따라 외친다. 근위 1사단."

"근위 1사단!"

"참고로 근위 1사단은 조선 최고의 정예 사단이다. 평시에는 도성에 가까운 곳에 있지만, 전시에는 어떤 부대보다 전선에 가까울 것이다. 이를 미리 알라."

"예! 교관님!"

"다시 이어서 배치부대를 알려주겠다."

훈련소 안에서 친해진 두 사람이 같은 부대에 배치됐다.

안창호와 양기탁이 서로 얼굴을 쳐다보면서 미소 지었다.

다음 날, 평양역까지 군장을 메고 짧은 행군을 했다.

그들은 열차를 타고 한양으로 향했다.

그리고 한양에서 백성들이 쉽게 경험할 수 없는 일을 경험했다.

신병들의 눈이 휘둥그레졌다.

"세상에, 뭐야 이건……?"

"애리조나야! 포드모터스의 애리조나!"

"어째서 이게 마차 대신 있는 거야?"

원래 말이 끄는 수레를 타고 소속 부대로 향할 예정이었다.

그러나 마차 대신 신문에서 보던 애리조나가 서 있는 것을 보고 어리둥절했다.

그때 미리 기다리고 있던 장교가 신병들 앞으로 나섰다.

"애리조나를 타고 배치되는 부대로 향한다."

"예? 진짜입니까?"

"그래. 그러니 신속히 애리조나의 화물칸에 탑승한다. 올라타서 군장을 발 앞에 둔다. 실시."

"실시!"

병사들이 애리조나 뒤쪽에 놓인 계단을 타고 화물칸에 탑승했다.

화물칸에 설치된 의자에 앉아서 등에 메고 있던 군장을 앞으로 놓았다.

옹기종기 모여 앉은 병사들은 가슴이 두근거리는 것을 느꼈다.

화물칸이라도 처음 차를 타게 됐다.

곧 기관음이 우렁차게 울리며 애리조나가 천천히 서울역을 떠났다.

안창호와 양기탁은 어린아이와 같이 주위를 두리번거렸다.

근위 1사단이 주둔하고 있는 양주로 향한 뒤, 3연대 1대대로 두 사람이 보내졌다.

그 부대는 3년 가까이 군 생활을 보낼 부대였다.

안씨 성을 가진 대대장을 만나 신고했다.

대대장 안중근이었다.

그는 두 사람의 어깨를 두드리면서 격려했다.

"아무 일 없다면 나라와 백성을 무사히 지키고 집으로 돌아갈 것이다. 그러나 전시가 되면 나는 누구보다 너희들을 믿을 것이다. 너희들 또한 나를 믿고 잘 따라주길 바란다."

"예! 대대장님!"

"성이 안씨군. 본관이 어디인가?"

"순흥입니다."

"순흥? 그러면 나와 같은 가문이군. 어디 파며 몇 세손인가?"

"참의공파 26세손입니다."

"26세손, 나보다 4세손이나 높군. 하지만 군에서는 오직 계급과 지휘권으로만 존대를 가르네. 참판공파 30세손일세. 만나게 되어서 반갑네."

"뵙게 되어서 영광입니다. 대대장님."

먼 친척이었다.

그리고 안창호는 안중근을 상관으로 따르기 시작했다.

그와 양기탁은 끝내 중대까지 한 중대에 속하게 됐다.

"2중대로 가게. 그곳에서 중대장을 만나 신고하게. 자네들과 함께 하게 되어서 영광일세."

"저희들이야 말로 영광입니다! 이만, 물러나겠습니다! 충성!"

"충성!"

두 사람의 경례를 안중근이 받아줬다.

그리고 안창호와 양기탁은 안중근이 말한 2중대 막사로 향해 중대장을 만났다.

그는 안중근과 육군사관학교 동기였다.

안중근이 동학도 진압 경력을 들어 대대장으로 승차하면서 그의 지휘를 따르게 된 인물이었다.

그러나 육군사관학교에서의 성적은 매우 우수했다.

'신태호'가 두 사람의 상관이었다.

그리고 그와 안창호와 양기탁 심지어 안중근까지 두 사람의 지휘 아래에 놓이게 됐다.

천군으로 불리는 해병대 대원들이 교관직에서 벗어나서 조선군에 완벽히 합류했다.

병력을 빠른 속도로 늘리면서 사단과 군단이 창설되고 1군단장을 부소대장이었던 이응천이 맡았다.

그리고 2분대장이었던 이주현이 근위 1사단을 책임졌다.

두 사람이 군단장실에 앉아서 커피를 마셨다.

배치된 신병들의 명단을 확인하고 헛웃음을 일으켰다.

자신들이 독립운동가를 지휘하는 일이 기막혔다.

"대한제국군 참령 박승환에 이토 히로부미를 저격한 안중근이라니……."

"거기에 태백산 호랑이 신돌석 장군도 계십니다. 지금은 신태호라는 이름으로 불리지만 말입니다."

"대단하신 분들을 휘하에 두고 있어. 그래서 기분이 묘하고 영예롭기까지 하는군. 심지어 안창호 선생님과 임시정부 국무령이셨던 양기탁 선생님도 계시고 말야. 그분들을 잘 훈련시켜서 전시에 큰일을 겪지 않도록 만들어야 해. 살아남는 것도 실력이니까."

"예. 군단장님."

"그나저나 다음 달에 판결이 나는군. 매국노 놈들이 처벌되고 나면 우린 본격적으로 일본과 겨룰 거야. 조선과 우리의 운명을 건 일이니 잘 준비해야 되네."

"예."

구속된 죄인들이 처벌되려고 했다.

구속된 상태에서 수개월 넘도록 조사가 이뤄지고 증거를 토대로 죄인들의 죄를 입증했다.

두번의 재판이 있었고 두번 모두 사형 판결이 내려졌다.

그리고 마지막 재판이 대법원에서 열렸다.

기자들과 방청 허가를 받은 일부 백성들, 관리들이 공판에 참석했다.

죄를 지은 피고가 피고석에 앉은 가운데 단상 위에 오른 판사가 판결문을 읽었다.

사람들의 가슴이 요동치기 시작했다.

"주문! 1900년 12월 4일에 일어난 폭탄 암살 시도 사건에 대하여, 피고 사쿠라이 마코토 외 5명은 흑룡회 회원으로서 전임 일본 총리 이토 히로부미와 전임 일본 위무성

대신 이노우에 카오루, 흑룡회 회장 우치다 료헤이와 일본 정부 대신들의 지시를 받고 송병준을 도와 주상 전하 암살, 중전 마마 암살, 조정 대신과 관리 및, 외국 공사관원들을 암살 시도함으로써, 이를 이지용 외 32명 피고의 책임으로 사건 조작 시도를 하고, 우호적인 조선과 미국을 포함한 외국과의 관계를 험악한 관계로 이끌려 한 바, 이는 조선의 국익을 해치고 백성들의 안위를 위협하는 일이다. 또한 조선 왕실에 대한 살해 시도 죄는 엄연히 중범죄 중의 흉악 범죄다. 따라서 사쿠라이 마코토 외 5명의 피고에게 법정 최고형인 사형을 선고하는 바다!"

일본인 죄인들에 대한 판결문 낭독이 끝나자 방청석에서의 사람들이 환호하면서 기뻐했다.

그때 피고들이 일제히 일어나 손을 높이 올렸다.

"대일본제국 천황 폐하! 만세!"

"만세! 만세! 만세!"

퍽!

"크악!"

달려든 교도관이 제압하는 척을 하며 피고들에게 곤봉을 휘둘렀다.

사쿠라이가 쓰고 있던 안경이 깨져서 떨어졌고 공판에 참석한 외국 공사관원들은 국수주의에 빠져있는 일본의 진짜 모습을 알게 됐다.

그로 인해 더욱 혐오감만 일어났다.

천황 폐하 만세라 외치는 죄인들 때문에 사람들의 감정만 크게 상했다.

"썩을 녀석들!"

"절대 곱게 죽이지 마시오!"

험악한 분위기 속에서 죄인들이 끌려 나갔다.

그리고 그 분위기는 다음 판결에 계속 이어졌다.

이지용을 비롯한 32명의 피고가 피고석에 앉았다.

그들을 상대로 판사가 판결문을 읽었다.

징벌의 종류는 오직 한가지 밖에 없었다.

"조선 왕실과 백성을 노리는 외적과 내통해서 권력을 취하기 위해 암살 시도를 벌인 죄는 가감할 수 없는 대역죄다! 마땅히 능지형과 거열형으로 극형에 처하고 삼족과 구족이 멸해져야 할 것이나, 더 이상 이 나라에 연좌제가 없고 법으로도 그런 형벌이 존재하지 않는다! 판결은 오직 법례와 판례로서 이뤄질 것이다! 따라서 이지용 외 32명의 피고에게 법정 최고형인 사형을 선고하는 바다!"

"와아아아~!"

"대조선국 만세!"

공판석의 백성들이 벌떡 일어나면서 만세를 크게 외쳤다.

이지용과 박제순, 이근택, 권중현, 이재극, 이하영, 민영기, 이병무, 고영희, 조중응, 이재곤, 임선준, 윤덕영, 민병석, 조민희 외 역적은 눈을 감고 눈물을 흘리며 크게 후

회했다.

그중 이병무와 이근택은 크게 관여한 바가 없다고 오열하면서 살려달라고 외쳤다.

그러나 증거로 확보된 맹약서가 그들의 목숨을 강하게 쥐었다.

즉시 이희의 서명이 전달되면서 서대문에 지어진 형무소로 압송돼 처형당했다.

혀를 한척 길이로 늘어뜨리고 인분을 실금하면서 참혹하게 죽은 것이 그들의 최후였다.

그렇게 송병준의 꼬드김에 넘어갔던 죄인들이 모두 죗값을 치렀다.

그리고 그들과 관련된 일본 정부에 사건의 경유를 묻고 잘못 인정과 책임을 물을 수밖에 없었다.

사쿠라이에게 사형 선고를 내릴 때, 이토 히로부미와 일본 정부로부터 지시를 받았다는 판결문으로 못을 박았다.

엄중한 사태로 인해서 근정전에 대신들이 모였다.

서로 작은 목소리로 이야기하다가 이희가 안으로 들어오자 정 자세를 취했다.

용상 위에 앉은 이희가 민영달에게 물었다.

"법부대신."

"예. 전하."

"저번의 부두 완공식 폭파 시도 사건에 대해서 일본의 관여가 명백해졌다. 맞는가?"

"그러합니다."

"미국을 비롯해 외국 공사관원들을 죽이고 그 책임을 조
선에게 뒤집어씌우려 한 일본 정부를 절대 용서할 수 없
다. 이번만큼은 절대 정도라는 선에서 봉합하지 않을 것
이다. 과인이 내리는 조치의 수위는 오직 일본이 어떤 시
기에 잘못을 인정하고 책임을 지느냐에 달려 있을 것이다.
총리와 외부대신, 특무대신은 들어라. 외국 공사관을 통
해 일본에게 이번 일에 대한 범죄를 인정하는지, 책임을
어떻게 질 것인지에 대해서 물어라. 놈들의 대응을 보고
조치를 정할 것이다."

"어명을 받들겠습니다! 전하!"

엄한 목소리로 김홍집과 이범진, 장성호에게 명을 내렸
다.

그리고 세 사람은 어전회의가 끝나자마자 속히 의견을
모아서 미국 공사관을 통해 일본 정부에게 책임을 물었다.

주일미국공사관을 통해서 일본 외무성으로 조선의 문의
가 닿았다.

태정관으로 일본 대신들이 급히 모였다.

야마가타와 사이온지를 비롯해 카츠라와 야마모토, 사
이고 등 모든 대신들이 모였다.

침통한 분위기 속에서 카츠라가 사이온지에게 물었다.

"조선이 지금 우리에게 죄를 묻고 책임을 묻겠다고 하였
소?"

"그…그렇소……."

"대체 무슨 증거로?! 제깟 놈들이 뭔데 대일본제국을 범죄국으로 여긴단 말이오?! 미개한 조선인 놈들이!"

"증거가… 확실히 있는 것 같소."

"뭐요?!"

"조선에 주재하고 있는 외국 공관원들이 우리가 관여했다는 증거를 주프락시스코프로 보았다하오… 이토 공과 이노우에 공의 비화도 공개되었다고 하오."

"어떻게 그런 일이……?!"

"조선의 첩보 능력이 상상을 초월하오. 어떻게 그런 증거들을 어떻게 모았는지 모르지만, 세계는 우리가 벌인 일이란 것을 알고 있소… 우리의 수습은 여기에서 시작해야 하오."

"……."

사이온지의 대답에 어떤 대신도 쉽게 입을 열 수 없었다.

사색이 되었고 얼굴의 표정에 근심과 두려움이 가득했다.

외무성에서 관리가 와서 다시 보고했다.

야마가타가 사이온지에게 물었다.

"무슨 보고요?"

사이온지가 울먹이는 표정으로 야마가타를 쳐다봤다.

그가 받은 보고를 이토와 이노우에도 함께 받았다.

외무성 관리가 가져다 준 쪽지를 읽고 이노우에가 침통

한 표정을 지었다.

그리고 이토에게 쪽지를 넘겨주고 깊은 숨을 몰아쉬었다.

"미국 공관원을 죽이려고 영국 공관원을 위험에 빠트리려 했던 일에 대해서 책임을 묻겠다고 영국 공사관에서 외무성으로 알렸소… 모두 조선이 공개했다는 증거를 믿고 있소…….."

"…….."

"조선 놈들이 우릴 궁지로 몰고 있소…! 이번 일을 수습하기가 쉽지 않소… 우리 목숨만이 이 일을 매듭지을 것이오…….."

이노우에의 이야기를 들으면서 이토가 받은 쪽지를 손에 꽉 쥐었다.

그리고 부들부들 떨었다.

쾅! 쾅! 쾅!

그리고 주먹으로 탁자를 몇 번이나 내려쳤다.

손이 까져서 피가 줄줄 흘러 내렸다.

"우리가 죽는다고… 이 일이 수습되지 않을 것이오…! 놈들이 노리는 것은 우리가 아니라 우리 정부요! 천황 폐하게 크나큰 죄를 지었소!"

깨진 독이었다.

쏟아지는 물을 어떻게 막아야 할지 몰랐다.

일본의 어떤 정치인도 위기에 빠진 조국을 구할 수 없었다.

조선과 세계 만국의 물음에 일본 정부는 어떤 대답도 하지 못하고 침묵으로 대응했다.

그 뒤로 다시 한번 잘못을 인정하는지, 어떻게 책임질지에 대해서 물었다.

대답을 기다리는 동안 조선에 새로운 군함이 도착했다.

12척의 순양함이 보란 듯이 일본을 거쳐서 조선으로 향했다.

보고를 받은 야마가타가 크게 분노했다.

"조선 놈들이 군사력을 크게 늘리고 있소! 이놈들이 정녕 일본을 노리는 거요? 8척의 전함도 모자라서 12척의 순양함이라니?!"

그 말을 들은 야마모토는 불안 속에서도 평정을 유지하려고 했다.

"12척의 순양함이지만 놈들이 제대로 운용하려면 최소 1년 가까이 해상에서 훈련을 벌여야 하오. 청나라처럼 군함이 늘었지만 훈련도에서 앞선 우리가 이길 수 있소. 놈들도 그 점을 알 테니 함부로 덤비진 않을 것이오."

조선과의 전쟁을 걱정하면서도 싸우면 반드시 이길 것이라고 믿었다.

옛 전라좌수영에 세워진 해군 본부로 대한로드쉽에서 건조한 순양함 12척이 도착해 정박했다.

크기는 전함보다 작았고 함포 수도 적었다.

하지만 단군급과 동등한 위력을 가진 함포에 수적으로 전함의 부족한 점을 메울 수 있었다.

　함명은 '한성, 경기, 평안, 충청, 경상, 전라, 강원, 함경, 제주, 황해, 평양, 개성'으로 정해졌다.

　그리고 대한로드쉽으로부터 인수되자마자 성조기 대신 태극기를 달고 조선의 바다를 지키는 당당한 군함으로 거듭났다.

　이원회가 단상 위에 올라 12척의 순양함에 승함할 장병들에게 크게 외쳤다.

　그들의 적은 오직 하나였다.

　"예부터 왜적은 언제나 조선을 노려왔다. 조선의 해안을 약탈하고 임진년에 나라와 백성을 탐하여 바다를 건넜으니, 충무공께서 그들을 수장시키셨다! 우리도 마땅히 왜선을 바다에 가라앉힐 것이다! 이제 제군들에게 12척의 순양함이 주어졌으니, 충무공께서 말씀하셨던 12척과 무엇이 다르겠는가?! 살고자 하면 죽을 것이고, 죽고자 하면 살 것인 즉, 죽기 살기로 싸워 적선을 모조리 수장 시켜라! 한척도 남기지 마라! 우리는 적의 피로 조선 삼해를 물들일 것이다!"

　"와아아아아~!"

　"대조선국 해군! 만세!"

　군기가 터져 나오면서 바다가 크게 흔들렸다.

　파도가 출렁이면서 정박해 있던 순양함들을 흔들었다.

직후 순양함에 운용할 장병들이 승함해서 본격적으로 함 적응 훈련을 벌이기 시작했다.

많은 면에서 단군급 전함과 비슷했다.

함포도 같았고 쓰이는 탄약과 탑재된 기관조차도 같았다.

장교와 부사관들은 단군함을 통해 이미 군함 운용에 정 예화 되어 있었다.

그들은 신형 순양함에 승선한지 얼마 안 되어서 바로 적 응해 통솔하는 수병들을 제대로 부리기 시작했다.

1901년 초월에 입대한 수병들 또한 단군급 전함에서 수 개월 동안 훈련을 받았었다.

서해에서 함대 전술 훈련을 벌였고 함포 사격 훈련을 했다.

종렬로 늘어선 전함과 순양함들이 일제 포격을 가했다.

"쏴!"

천둥소리가 크게 일어나면서 포구 아래의 바닷물이 크게 밀렸다.

먼 바다에서 물기둥이 치솟아 올랐다.

견시수가 망원경으로 확인해 함교 함장에게 즉시 보고했다.

기동함대 기함인 단군함에 승함한 이원회가 명령을 내렸다.

"포각을 수정한다! 일제 포격을 가하되, 화집점을 구성

240

하라! 3번 가상 표적을 포격한다! 포각 제원을 할당하라!"

명령이 떨어지자 견시 위치로 나선 기수가 깃발을 크게 휘둘렀다.

수기의 신호를 확인하고 19척 함정의 함포에 포각 제원이 할당됐다.

그리고 발포 준비를 마쳤다.

다시 한번 포격이 이뤄졌다.

"쏴!"

함교에서 외침이 크게 울려 퍼졌고 바다와 하늘이 크게 요동쳤다.

기동함대장인 이원회의 눈빛이 빛났다.

환웅함의 통신장이었던 이태성이 함교에서 그를 보좌하고 있었다.

그리고 육군 장교였다 해군 1전단장이 된 이동휘와 2전단장이 된 이범윤, 3전단장이 된 유동열이 각 전단 기함인 단군함과 주몽함, 대조영함에서 승함해서 전단을 통솔하고 있었다.

신순성은 단군함의 함장이 되어 1전단 전함 전대장을 겸했다.

김창수는 한성함의 함장이 되어 1전단 순양함 전대장을 겸했다.

이강은 주몽함의 함장이자 2전단 전함 전대를 지휘했다.

그리고 같은 전단에 속한 순양함 전대를 민종식이 통솔

하면서 경기함을 직접 지휘했다.

전함 대조영함의 함장인 김학소는 3전단 전함 전대를 통솔하면서 3전단의 화력전을 맡고 있었다.

교관이었던 김천과 강소이도 각각 해군 함정에 승함하면서 화물선으로 구성된 수송 전단과 단군함의 갑판을 통솔하고 있었다.

이희가 해군 함대 훈련에 대한 보고를 장성호와 유성혁을 통해서 받았다.

그는 장성호에게 보고 받은 내용에 대해서 물었다.

"수병들에게 적응 기간이 필요하다고?"

"예. 전하."

"장교와 부사관들만큼 빠르지 않은가 보군."

"못해도 1년 이상 익힌 항해술과 포술입니다. 이제야 입대한지 반년에 이르는 수병이 사관들처럼 능숙할 순 없습니다. 하지만 오래 걸리지 않을 겁니다."

"얼마동안의 기간이 필요한가?"

"한달 정도로 보고 받았습니다. 한달이면 수병들도 능숙하게 순양함을 운용할 것입니다."

대답을 듣고 이희가 고개를 끄덕였다.

그리고 유성혁에게 물었다.

"육군의 상태는 어떠한가?"

성혁이 이희에게 대답했다.

"목표했던 30만명 중 반 정도 병력이 편제됐습니다."

"15만 명이라… 그 정도 전력으로 상대할 수 있는가?"

"상대할 수 있습니다."

"어떻게?"

"적의 지휘체계를 마비시킬 겁니다. 그리고 적이 경험해 본 적 없는 신무기와 전술로 상대할 겁니다. 전쟁이 일어 나면 여태 쓰이던 모든 훈련 교리와 서적이 휴지 조각으로 변할 겁니다."

이희는 그 대답을 듣고 비장의 수가 있다는 것을 알게 되 었다.

그것이 무엇인지 자세히 알 수 없었지만 이희는 성혁을 온전히 믿으면서 그 말대로 될 것이라고 생각했다.

또한 육군이 운용하는 무기에 대해서 보고 받았다.

한 일식 소총과 한 이식 기관총, 수류탄으로 보병이 무장 한 사실을 확인했다.

포병은 75밀리미터 야전곡사포인 천둥으로 무장하고 있 었고 군부에서만 아는, 세상에 공개되지 않은 신무기들이 있었다.

그 무기로 완전히 무장한 부대가 총 3개, 군단에 10개 사 단이었다.

그중 2개 군단, 8개 사단을 전선에 투입할 수 있었다.

1개 사단은 육군 중에서도 특별한 사단이었다.

해군에 편제되어도 이상하지 않을 부대였다.

"해병 1사단이라……."

이희가 되뇌는 것을 듣고 성혁이 해병대에 대해서 알려줬다.

"상륙을 주 임무로 삼는 부대입니다. 저희 해병대 대원 중에 2분대에 속한 박정엽이 사단을 책임지고 있습니다."

"후손들만큼 강하겠지."

"용기와 군기만큼은 필적할 겁니다. 명령이 떨어지면 형제도 죽일 수 있습니다. 물론 그런 명령을 내리지 않을 겁니다."

적지로 거침없이 진격할 수 있음을 알려줬다.

"총알과 포탄이 빗발치듯이 날아들더라도 멈추지 않고 적진을 향해 달릴 것입니다. 설령 사지라 여기더라도 명령이 떨어지면 진격합니다. 그것이 바로 해병대입니다."

대원들의 상관이었던 유성혁의 말에 이희가 고개를 끄덕이면서 눈을 감았다.

그리고 나라와 백성을 위해 목숨을 버릴 자들을 생각했다.

죽음으로서 반드시 살 수 있었다.

그들의 존재를 반드시 알고자 했다.

"전시에 다른 부대의 출정은 차치하더라도 해병대의 출정은 반드시 챙길 것이다. 육군참모총장은 이를 알라."

"예. 전하."

그리고 장성호에게 일본의 응답을 물었다.

일본의 대응을 예상하고 있었지만 제대로 확인하고 행하

고자 했다.

행동의 명분을 확실히 세우고자 했다.

"일본으로부터의 잘못 인정과 사과는 없는가?"

"예. 전하."

"인정하고 사과하게 되면 책임이 따르게 되니 피하는 모양이군."

"단순한 책임을 넘어서서 일본의 운명을 가르는 일입니다. 때문에 어떤 대답도 못할 겁니다. 부정을 해도 긍정이 되고 긍정을 하면 더 큰 긍정이 됩니다. 외교적으로 일본은 사면초가입니다."

장성호의 대답을 듣고 고개를 끄덕였다.

그리고 외부대신인 이범진의 의견이 있었는지 물었고 장성호로부터 다시 대답을 들었다.

조선의 운명을 완벽히 바꾸기 위한 결의를 세웠다.

"앞으로 한달 간 계속해서 일본에게 비난을 가하고 세상에 그들의 범죄를 알려라. 그리고 그들에게 잘못 인정과 사과를 요구하고 책임을 질 것을 요구하라. 한달 후에 군에서 모든 것이 준비되면 과인이 직접 엄명을 내릴 것이다. 죄악의 근원을 반드시 소탕할 것이다."

"예! 전하!"

어명을 받고 이희가 내린 조치들을 행하기 시작했다.

무시로 대응한 일본에게 다시 삼국 공사관을 통해서 조선 조정의 입장이 전해졌다.

그리고 다시 무응답으로 태정관에서 대응했다.

다시 조정 명의로 잘못 인정과 책임을 지라는 요구가 전해졌고 태정관은 다시 무응답으로 대응했다.

그리고 세계를 상대로 조선이 일본을 맹비난했다.

그에 관한 소식이 야마가타에게 전해졌다.

몇 해 전만 해도 기세등등했던 태정관이 마치 상을 치르는 것처럼 깊은 우울에 빠져들었다.

분노와 절망이 회의실 안에 가득했다.

"똥같은 조선인 놈들! 놈들이 만국을 상대로 우리에 대한 맹비난을 가하고 있소! 그놈들 때문에 우리 일본이 외국 공관원에게 함부로 해를 가하는 나라가 되고 있소!"

"무시로 대응하니까 이 꼴이 나는 거요! 지금이라도 부정해야 되오! 놈들의 주장이 허황된 날조라는 것을 알려야 하오! 외무성에서 조치를 취해주시오!"

카츠라와 야마모토의 말에 외부대신인 사이온지가 주먹을 쥐고 손을 떨었다.

그 대신 사이고가 무시가 최선임을 알렸다.

"적의 기세가 등등할 때는 싸움을 피하는 것이 상책이오. 부정할 수 없는 증거가 놈들에게 있는데, 그것이 조작된 것이라고 말해봐야 우리에게만 불리하오. 지금은 가만히 있어야 하오."

흥분하며 카츠라가 크게 외쳤다.

"반전을 만들어야 할게 아니오?! 그것이 최선이라면 지금만으로도 절망적이오! 대일본제국을 대체 어떻게 구할 거란 말이오?! 무시나 부정이 아니라 획기적인 방법으로 이 같은 수세에서 벗어나야 하오!"

"……."

"어서 말해 보시오!"

"……."

그의 말에 누구도 의견을 낼 수 없었다.

생각이 있었다면 이미 말하고 돌파구를 찾았을 것이라고 생각했다.

그저 기침과 끙끙거리는 신음소리와 움직일 때는 나는 옷 스치는 소리만이 일어났다.

그때, 회의실의 문이 열리면서 야마가타의 비서실장이 들어왔다.

태정관을 찾아온 특별한 손님이 있었다.

"정말인가?!"

"예. 지금 오시고 계십니다."

"……."

야마가타의 얼굴이 납빛이 되었다.

그리고 영문을 모르던 대신들은 그 손님이 누군지 알게 되면서 화들짝 놀라게 됐다.

한시간 뒤 회의실로 어떠한 사람이 찾아왔다.

그는 일본의 중심이자 나라의 근간이었다.

신민이 사라져도 그만 있으면 일본이 존재할 수 있었다.

일왕 무쓰히토가 태정관을 직접 방문해 회의실로 들어왔다.

야마가타와 대신들이 일제히 허리를 굽히면서 인사했다.

그리고 그들의 손을 무쓰히토가 잡아줬다.

그들의 수고를 그들의 군주가 알아줬다.

"일본을 위해 경들이 힘쓰고 있음을 짐이 알고 있다. 어떤 말과 행동으로 경들에게 힘을 실어줄 수 있을지 모르겠지만, 그저 최선이라 여기는 것을 행하라. 짐이 모든 책임질 것이다. 어떤 조치의 결과도 짐이 책임지고 감내할 것이다."

"천황 폐하……!"

악수한 대신들이 눈물을 흘리면서 감동을 받았다.

마치 사지에 몰렸던 자신들이 구원받는 듯한 느낌을 받았다.

얼굴을 적신 야마가타가 무쓰히토에게 약속했다.

"반드시 폐하의 나라와 신민을 구하겠습니다! 신들의 목숨을 걸고 지키겠습니다!"

"고맙네."

"대일본제국! 천황 폐하 만세!"

총리가 만세를 외치자 다른 대신들이 따라 만세를 크게 외쳤다.

그들은 무쓰히토로부터 은혜를 받았다고 생각했다.

그렇게 보낸 한달은 조선의 비난 공세를 버티는 일본에게는 느리게 느껴질 수밖에 없었다.

　그러나 조선에게 매우 빠르게 느껴질 수밖에 없었다.

　두 나라가 앞으로 어떤 관계를 이룰지 외국 공사관원들에게도 초미의 관심사였다.

　그중엔 여러 결과를 두고 도박을 벌이는 사람들까지 있었다.

　주조선영국 공사인 조던은 조선이 일본을 상대로 말싸움을 걸다가 지쳐서 흐지부지될 것이라는 것에 걸었다.

　그렇게 예상하면서 공관원들과 내기를 취했다.

　"절대 조선은 일본을 상대로 전쟁을 걸 수 없네. 조선 육군이 15만 명 정도인 것으로 아는데, 일본은 2배 가까이 되는 30만 명일세. 거기에 국민들이 동원되면 일본이 훨씬 유리하네. 조선 해군이 순양함 12척을 늘렸다고 하지만 훈련 기간이 매우 짧아, 청나라와의 실전을 경험했던 일본을 절대 이길 수가 없네."

　"그러면 전 조선이 전쟁을 걸고 이기는 쪽에 걸겠습니다."

　"절대 돈을 딸 수 없다니까."

　"딸 수 있습니다."

　"거 참."

　"조선이 전쟁에서 이기고 저도 내기에서 이겨 돈을 모두 딸 겁니다. 두고 보십시오. 공사."

조던을 포함한 공관원들이 상자에 자신들의 월급을 내기로 걸었다. 그리고 오직 한 사람만이 조선이 전쟁을 일으키고 승리할 것이라는 것에 걸었다.

이기면 그가 다른 공관원들의 돈을 차지할 수 있었다.

그리고 조던은 절대 그런 일이 생기지 않을 것이라고 생각했다.

그러던 어느 날, 그의 집무실로 이상한 소식이 날아들었다.

"조선군이 재배치되고 있다고?"

"예. 공사."

"어디로 말인가?"

"여수입니다. 열차를 통해 병력이 이동하고 있는 것을 확인했습니다. 병력과 탄약 심지어 야포까지 실려서 가고 있습니다."

"그럴 리가……!"

"해군 본부의 수리 시설도 비워졌다는 보고가 있습니다."

보고를 들은 조던의 눈가가 움찔했다.

가슴이 덜컹 내려앉는다는 게 그런 느낌인 것 같았다.

조선의 상황이 태정관으로 알려졌다.

"조선이 남쪽으로 병력을 집중시키고 있다고?!"

야마가타의 물음에 사이온지가 대답했다.

"삼국공사관을 통해서 파악했소… 놈들이 병력을 남쪽

으로 집중시키고 있소. 거기에 병력을 수송하기 위한 화물선들이 징발됐다고 하오… 이대로라면 놈들이…….”

“바보같은! 지금 우리를 상대로 전쟁을 준비한다는 말이오?!”

“그럴 수도 있지 않겠소…? 우리가 여태 무시로 대응했기 때문에 놈들이……!”

“그러면 훨씬 더 좋은 일이지!”

“무슨 뜻이오?”

“놈들이 전쟁을 걸면 지금의 유리한 정세에서 벗어나는 것이고 승전과 패전이라는 변수가 생기는 것이오! 우리가 이기면 명분 따위를 벗어나서 세상은 우리 편을 들 수밖에 없소! 그리고 우리가 이길 거요! 놈들은 절대 바다를 건널 수 없을 테니까! 해상을 장악하고 강화도에서 불질을 일으켰던 것처럼 조선을 공격하면 되오!”

“……!”

“이를 준비하시오!”

“알겠소!”

변화가 생기면서 위기에 빠진 일본을 구할 출구가 생기고 있다고 생각했다.

내심 조선이 전쟁을 걸어주기를 원했다. 그리고 그 전쟁은 반드시 조선의 선전포고로 시작되어야 했다.

그렇게 생각하면서 야마가타가 육해군 두 대신에게 말했다.

"육군대신과 해군대신은 전쟁을 준비하시오! 조선이 개전을 선포하면 놈들을 섬멸하고 지금의 정세를 뒤집을 것이오!"

"예! 총리대신!"

"감히 대일본제국을 상대로 전쟁을 걸려하다니! 멍청한 조선인 놈들!"

회심의 미소를 띠며 조선과의 전쟁을 준비했다.

청일전쟁 이후로 휴식하고 있던 일본군을 깨웠다.

그리고 정비하고 있던 군함을 출항시킬 준비를 했다.

30만 명에 이르는 육군 병력이 있었고 20척이 넘는 순양함으로 바다를 지키고 있었다.

배수량 2478톤의 치요다 방호순양함을 시작으로 배수량 9710톤에 이르는 아사마 장갑순양함까지, 일본은 명실공이 동아시아 최강의 함대를 보유하고 있었다.

거기에 실전을 치른 경험도 충분했다.

누가 보더라도 일본의 우세를 점칠 수밖에 없었다.

조선이 급속히 해군 전력을 키웠지만 세상 사람들은 덩치만 키운 해군이라고 생각했다.

어느 누구도 검증되지 않는 자들에게 손을 들어주지 않았다.

그렇게 조선과 일본 사이의 전쟁을 두고 설왕설래가 오가고 있었다.

조선이 육군 병력을 이동시키면서 개전 방향으로 사람들

의 예상이 무게가 실렸다.

그리고 역사적인 날이 다가왔다.

경복궁 조정의 모든 대신과 협판이 근정전으로 입전하라는 어명을 받았다.

심상치 않은 분위기 속에 조선 내 모든 신문사들의 대표 기자들에게도 입전을 허락했다. 근정전 내 양편으로 각 부 대신과 협판들이 차례대로 섰다.

그리고 근정전 밖에서 기자들이 사진 촬영을 했다.

외국 공사관에서 파견된 기자들도 사진 촬영을 할 수 있도록 허가를 받았다.

잠시 후, 근정전 밖에서 발걸음 소리가 들려왔다.

그 소리가 어찌나 당당한지 사람들의 가슴이 두근거리다 못해 터져 나올 지경이었다.

이희가 궁내부 관리와 함께 근정전 문 앞으로 모습을 드러냈다.

그 모습을 보고 기자들의 동공이 크게 커졌다.

"헉?!"

단발을 한 이희가 장병들이 쓰는 철모를 쓰고 나타났다. 철모 중앙엔 금색으로 빛나는 큰 별이 달려 있었다.

그것은 조선의 모든 군대를 통솔하는 대원수를 상징하는 계급장이었다.

그로써 대신들은 그날이 어떤 날인지 알게 됐다.

김홍집과 안경수, 김인석, 장성호, 박정양, 이범진, 현흥

택, 어윤중, 이상재, 민영달, 이경직, 박은성 등은 머리를 조아렸다.

조선군 장교 전투복을 입은 이희는 정전 중앙을 당당히 걸어 용상 위에 앉아 그들의 우러름을 받았다.

오랫동안 보좌했던 상선이 진상대를 들고 이희의 곁으로 다가갔다.

그러자 진상대 위에 놓인 무언가를 이희가 집어 들고 대신들이 잘 볼 수 있도록 정전 중앙으로 내던졌다.

툭.

사람들은 그것이 이희의 머리카락이라는 것을 깨달았다. 조선의 통수권자가 세상 사람들을 상대로 결의를 드러낸 것이다.

그것은 승전에 대한 위대한 의지였다.

이희가 큰소리로 외쳤다.

"단순한 머리카락일 뿐이다! 부모에게서 받은 신체의 일부라고 하지만, 머리카락은 손톱과 같아 길어지고 불편하면 얼마든지 잘라낼 수 있다! 그러나 머리에 달린 것이기에 그 머리카락이 목숨과 같이 여겨질 때도 있다! 그러나 그것을 잘라냄으로써 우리의 분노를 알릴 수 있다면 마땅히 그렇게 할 것이다! 그리고 싸우는 데에 있어서 그것이 불리함을 준다면 마땅히 잘라낼 것이다!"

사람들은 이희의 말을 경청하며 숨을 죽였다.

잠시 좌중을 둘러보던 이희가 또 다시 말을 이었다.

"과인은 승리를 위해 수단과 방법을 가리지 않을 것이다! 과인의 아끼는 신하를 해하고 이 나라 백성을 해하려 했으며, 외국 공사관원을 죽여 그 범죄를 과인의 백성들에게 뒤집어씌우려 했음이니, 명백한 증거가 공개되었음에도 그 죄를 인정하지 않고 배상과 책임을 지지 않았다! 그런 나라를 어찌 감히 적국이라 칭하지 않을 수 있겠는가?!"

이희의 강렬한 목소리는 사람들의 마음을 뜨겁게 달구었다.

"…또한 을미년의 왕후 암살 시도 사건을 시작으로 호시탐탐 과인의 나라와 백성을 노려왔다. 이는 생존이라는 미명 하에 서양 열강 제국들로부터 살아남아야 한다는 궤변으로 수시로 조선을 정벌하고 식민지로 삼아야 된다는 전략을 일본의 국가 이념으로 삼았음이니, 과인은 더 이상 일본의 모사꾼들과 공존하지 않을 것이다!"

사람들은 일본이 지금까지 행한 만행을 떠올리며 분노했다. 그리고 의지를 불태우며 주먹을 불끈 쥐었다.

"우리는 기필코 놈들을 전멸시킬 것이며, 거기에 관해 협력하는 무리도 진멸할 것이다! 현 시각부로 과인은 조선 정부를 대표하는 자로 일본 정부를 상대로 선전포고하는 바이다! 지금부터 조선은 전시 체제를 벌이며 일본 징벌을 위해 전 국력을 동원할 것이다! 각 부 대신들은 과인의 어명을 받들라!!"

호통에 가까운 선포가 끝나고 대신들이 크게 외쳤다.

"어명을 목숨과 같이 받들겠습니다! 전하!"

그리고 만세 삼창을 했다.

"대조선국! 주상 전하! 만세!"

"만세! 만세! 만세!"

기자들이 빠르게 사진기의 단추를 눌렀다.

삼각대에 설치된 사진기가 불빛을 번쩍였다.

그 앞에서 만세를 크게 외치는 대신들의 모습이 사진 속에 담기게 됐다. 빠르게 신문사로 보내어져서 만백성에게 그 사실이 알려졌다.

"호외요! 호외!"

"주상 전하께서 일본을 상대로 선전포고 하셨어요!"

신문사에서 일하는 소년들이 호외를 뿌리면서 크게 외쳤다. 그로 인해 모든 백성들이 하던 것을 멈추고 호외 신문을 샀다.

신문 속에 이희가 선포한 이야기들이 한자도 빠짐없이 실려 있었다. 백성들은 그것을 읽으며 온몸의 기운이 터지는 것을 느꼈다.

고양감이 정신을 사로잡기 시작했다.

"전하께서 일본을 상대로 선전포고하셨어!"

"드디어로군!"

"놈들을 반드시 박살내야 돼! 서양에 맞서기 위해 조선을 식민지로 삼겠다니! 반드시 응징해서 놈들을 우리의 식민으로 삼아야 해!"

"내 나이가 이립을 넘겼지만 자원입대할 거야!"

"나도 그럴 것이네!"

참전에 대한 의지를 백성들이 다졌다. 그리고 그들 사이
에는 군에 자식을 보낸 백성들이 있었다.

그들은 일본에 대한 분노를 드러내면서도 자식의 생사를
걱정했다.

안태훈도 신문을 읽으며 육군 장교가 된 안중근을 걱정
하고 있었다. 자선사업을 위해 언더우드를 만났다가 전쟁
이 터졌다는 외침을 듣고 호외 신문을 사서 읽었다.

함께 신문을 읽은 언더우드가 안태훈에게 물었다.

"혹, 안부령을 걱정하십니까?"

안태훈이 머뭇거리다가 고개를 끄덕였다.

"예. 하지만 나라를 위한 일이기에 마음을 단단히 먹으
려고 합니다. 그저 제 자식이 불의한 일을 벌이지 않길 바
랄 뿐입니다. 하나님께서 세우시는 나라를 위한 초석이 되
길 원합니다."

안태훈의 이야기를 듣고 언더우드가 고개를 끄덕였다.

그리고 그의 손을 잡고 기도하겠다는 말을 했다.

"안부령을 위해서 기도해드리겠습니다."

"감사합니다. 선교사님."

육군 부령인 안중근을 위해서 언더우드가 기도했다.

살생과 분노가 넘치는 원죄의 구렁텅이 속에서도 오직

탐욕에 맞서는 저항의 기준을 잡고 정의를 실현시키기를 간절히 소망했다. 그리고 모든 조선 장병이 그런 용사가 될 수 있기를 원했다.

개전이 선포되면서 그 소식이 바다 건너 일본으로 전해지게 됐다.

선전포고 시각으로부터 만 하루가 지났을 때였다.

태정관에 일본 대신들이 모였을 때 외무성으로부터 긴급한 보고가 전해졌다.

보고를 받은 사이온지가 환하게 웃으면서 크게 외쳤다.

"조선이 선전포고했소! 멍청한 조선왕이 무덤 속에 있던 우리를 건져 올렸소! 일본이 살았소! 이제 조선을 이기기만 하면 되오!"

"오오!"

구사일생이 따로 없었다.

전쟁이라는 변수가 조선과 일본 사이에 던져지면서 활로가 열리기 시작했다. 그러한 생명줄을 일본 대신들은 절대 놓치려 하지 않았다.

야마가타가 카츠라와 야마모토에게 명했다.

두 사람에게 일본의 운명을 맡기고자 했다.

어느 누구도 승리를 의심하지 않았다.

"육군대신! 해군대신! 속히 조선군에 침공에 대해 응전하시오! 난 천황 폐하를 뵙고 이 일을 보고하겠소!"

"예! 총리대신!"

258

일본 또한 전시 선포가 이뤄지면서 조선의 개전에 맞춰서 발 빠르게 움직이기 시작했다.

미리 전쟁을 준비했던 육군과 해군에 출동 준비 명령과 출항 준비 명령이 떨어졌다.

그리고 야마가타가 마차를 타고 궁전으로 향했다.

마차에서 내려서 궁전 안으로 들어섰을 때였다.

야마가타의 발에서 느슨한 느낌이 일어났다.

'갑자기 왜……?'

발을 강하게 감싸던 신발 끈이 툭 끊어졌다.

그것을 본 야마가타가 불길함을 느꼈다.

모든 것이 완벽했고 빈틈없이 대처해나갈 수 있다고 생각했다. 그런데도 불길한 예감이 들었다.

하늘을 넘나드는 이들의 존재를 그는 전혀 모르고 있었다.

신조선 新전기

악의 근원을 뿌리째 뽑다

 세상은 이제 막 전기의 존재를 알고 그 유용함을 깨달아
가고 있었다.

 그러나 그 유용함의 한계가 어디까지 뻗어 있는지는 전
혀 몰랐다.

 10년이 지나고 100년이 지나도 그 한계는 누구도 알 수
없었다.

 태양광전지를 통해 전기를 충전한 스텔스 망토를 천군이
장비하며 셔틀선에 승선했다.

 해병대 2분대 대원들이 조선군 육군에 합류한 상태에서
1분대 대원들은 여전히 미래 군대의 특수함을 유지하고

있었다.

1분대장인 우종현이 거기에 소속된 대원들과 함께 몰래 전선을 건너고 있었다.

그가 대원들에게 주의사항을 전달했다.

"필요할 때만 화기를 사용한다. 그러나 은밀히 침투할 수 있으면 절대 화기를 사용하지 마라. 알겠나?"

"예. 분대장님."

"파워드 부츠로 담을 뛰어 넘는다."

"예."

아끼면서 잘 정비해뒀던 C—1 레일 소총과 C—2 레일 기관단총으로 무장했다.

또한 C—3 레일 기관총과 C—7 레일 저격총으로 지원을 준비했다.

모든 화기는 소음기를 미리 장착해서 무기를 든 자가 은밀한 침투를 임무로 받았음을 알려주었다.

그리고 방탄복과 방탄 헬멧으로 몸을 보호했다.

고폭탄을 소지해서 적지를 날려버릴 계획도 세웠다.

그렇게 어두운 밤하늘을 별처럼 스쳐 지나갔다.

자정을 넘어 하루가 다시 바뀌었다.

적들은 뜬눈으로 밤을 지새웠고 그들의 보호를 믿는 사람들은 잠자리에서 단잠을 이루며 아침이 오기를 기다렸다.

그리고 막중한 책임을 진 자들은 쉽게 잠을 이루지 못했다.

　침대에 누웠다가 잠을 이루지 못해 이토가 일어났다.

　그는 후원이 보이는 방으로 들어가서 못에 걸린 달빛을 보며 생각에 잠겼다.

　그의 집사가 와서 걱정하는 모습을 보였다.

　"잠을 잘 이루시지 못하십니까? 주인님."

　"그래… 그렇다네."

　"조선과의 전쟁 때문입니까?"

　"……."

　"저는 우리 일본제국이 이길 것이라 보고 있습니다. 심려치 마십시오. 주인님."

　집사의 이야기에 이토가 천천히 입을 열었다.

　"나도 일본이 이길 것이라고 생각하네. 하지만 내가 걱정하는 것은 그것이 아닐세. 바로 현양사의 일을 걱정하는 것일세. 그때처럼 예상하지 못했던 놈들의 공격을 걱정하는 것일세. 아직도 어떻게 현양사가 공격 받았는지 밝혀지지 않았어."

　"총성이 없는 총격을 말씀입니까?"

　"그래. 그것이 유일한 변수야. 이 나라에 숨어 있는 조선의 간자를 색출하지 못했어. 그 점이 우려되네."

　이토의 이야기를 듣고 집사가 고개를 끄덕였다.

　그러나 승리에 대한 믿음은 변치 않았다.

　"그래도 이길 겁니다. 그리고 주인님의 저택 주변에 경호 병력들이 배치되었습니다. 현양사 때처럼 주인님께서 큰일을 당하실 일은 없을 겁니다."

"……."

"제가 목숨 바쳐서 지키겠습니다."

가신의 어깨를 이토가 두드렸다.

그리고 마음을 놓고 침실로 돌아갔다.

이토는 다시 불을 끄고 잠을 이루기 시작했다.

이토의 집 대문 앞에 경호병들이 소총을 들고 보초를 서고 있었다.

그리고 담벼락 주위로 움직이는 동초가 경계를 벌이고 있었다.

삼엄한 경비 속에서 초병들은 크게 긴장하고 있었다.

현양사 때의 일을 기억하면서 어제 어디서든지 적의 습격을 받을 수 있다고 생각했다.

어둠 속에서 눈을 밝히며 주위에 기척이 느껴지는지 주의 깊게 살피고 있었다.

그리고 그들은 곁을 지나가는 유령의 존재를 알아차리지 못했다.

동초가 지나간 자리 뒤에서 하반신에 착용하고 있던 부츠를 작동 시켰다.

그러자 바람이 크게 일어났다.

갑자기 일어난 인기척에 소총을 든 동초가 돌아섰다.

뒤에는 아무도 없었다.

"뭐지……?"

"방금 뭔가 있었던 같은데…….."

"별 일 아니겠지."

"크흠."

불안을 지우기 위해서 일부로 아무 일도 없다고 생각했다.

그리고 걸음을 옮겼다.

담 안쪽에서 인기척이 일어났지만 그것을 절대로 느낄 수 없었다.

살기를 가득 품은 유령은 이미 집안으로 들어와 있었다.

몇 배의 점프력을 발휘시켜주는 기계 부츠를 통해서 담을 넘고 집으로 들어와 은밀히 움직이기 시작했다.

불이 켜진 이토의 저택 복도를 조심히 걸었다.

사람이 지나갈 때마다 구석으로 물러나서 요지부동했다.

스텔스망토를 뒤집어쓰고 있었기에 코앞으로 사람이 오지 않는 이상 알아차릴 수 없었다.

그들은 들키지 않고 이토의 방까지 갈 수 있기를 소망했다.

소란이 일어나봤자 경계 병력만 몰리고 좋을 것이 없었다.

첩자였던 전등 수리공을 통해 이토의 저택 구조를 파악

하고 있었다.

이토의 침실 문 앞에 거의 다 왔을 때 지나왔던 복도 끝에서 소란이 일어났다.

"뭐냐… 네 놈은……?"

"…….'"

"어떻게 이런 일이……!"

퍽!

"커억."

대원들의 존재를 알아차린 초병이 유령 같은 대원들 보고 놀라서 크게 소리를 지르려던 참이었다.

그때 창문을 관통하는 총알이 날아들었다.

총탄이 너무나 빠르게 날아들어서 연약한 유리창이 깨지지 못하고 총알 크기만큼의 구멍이 생겼다.

그리고 초병의 머리가 관통되어 벽에 그의 피와 뇌수가 튀었다.

바닥으로 초병이 쓰러지고 그를 종현과 대원들이 담담한 시선으로 쳐다봤다.

무전망에서 종현의 작은 목소리가 울려 퍼졌다.

—잘했어. 정운.

"아닙니다. 분대장님."

—주변에 보이는 적은?

"제 위치에서는 보이지 않습니다."

—이토의 방 앞에는 몇 명이지?

"두 명 있습니다. 근처에 오시면 말해 주십시오. 분대장님께서 보시는 기준으로 왼쪽을 제가 맡겠습니다. 오른쪽을 분대장님께서 잡아주십시오."

—그래.

저택 밖의 건물 옥상에는 저격수인 정운이 배치되어 있었다.

그의 도움을 받으면서 종현이 복도 끝으로 향해 마지막 코너를 꺾었다.

그는 문 앞을 지키는 두 명의 초병을 발견하고 무전망을 다시 열었다.

—셋에 쏜다. 하나, 둘 셋.

드득.

"탱고 다운. 적 사살 확인."

동시 사격으로 두 명의 초병을 비명 없이 횡사 시켰다.

그리고 문 앞에 이르렀다.

잠겨 있는 문을 열기 전에 주위를 한번 살피고 총격으로 문의 손잡이를 깨부쉈다.

직후 안으로 들어갔다.

"네… 네 놈들은……?!"

문손잡이를 부술 때 난 소리에 깼듯했다.

침대에서 몸을 일으킨 이토가 방안으로 들어온 종현과 두 명의 대원들을 쳐다봤다.

이토의 눈동자 속엔 오직 세 명의 유령만이 보였다.

그리고 그들이 현양사를 궤멸시킨 존재라는 것을 직감적
으로 눈치챘다.

"민족의 이름으로 네놈을 심판한다. 네놈이 바라는 일본
은 절대 존재하지 않을 것이다."

드득.

"욱!"

"꺄악! 여보! 여보!"

함께 잠에서 깼던 이토의 부인인 우메코가 비명을 질렀
다.

가슴에서 피를 흘리는 이토를 붙들고 그를 살리기 위해
서 안간힘을 썼다.

이토가 우메코에게 사력을 다한 한마디를 전했다.

"우메코… 피해……."

퍽!

"여보!"

종현의 총격에 이토의 머리가 터져 버렸다.

우메코는 얼굴 반쪽과 정수리가 사라진 이토를 안고 눈
물을 흘렸다.

피하라는 그의 말이 있었음에도 절대 피하지 않았다.

종현은 비탄에 잠긴 우메코를 죽이지 않았다.

오직 이토만을 심판하고 무전망을 열어서 철수한다는 지
시를 내렸다.

곧 종현은 창문을 깨고 나가서 부츠의 힘을 빌려 단번에

담을 뛰어넘었다.

그리고 어둠 속으로 자취를 숨겼다.

우메코의 비명소리에 이토의 집사와 초병들이 함께 침실로 들어왔다.

그리고 처참하게 죽은 이토를 보고 허망함을 느끼게 됐다.

"어떻게 이런 일이……!"

"이토 공께서 암살당하셨어!"

"맙소사."

100명에 이르는 경계 병력도 소용이 없었다.

선전포고가 이뤄진지 사흘이 지나기도 전이었다.

조선에서 거론된 죄인들이 죽음을 맞이하기 시작했다.

이토의 집에서 나온 종현이 무전망을 열고 다른 임무를 맡은 대원들과 교신을 이뤘다.

"당소 이토, 이토. 이노우에, 이노우에 등장 바람."

―당소 이노우에. 송신 바람.

"이토 척살 완료. 이노우에 상태 보고 바람."

―이노우에 척살됐다고 통보. 현 시각 부로 철수 완료.

이노우에에 대한 암살 성공 보고를 받았다.

이토를 죽일 때와 비슷한 방식으로 죽었을 것이라고 생각했다.

두 흉적의 죽음을 이룬 종현이 복수를 완수하고 진한 미소를 지었다.

그리고 다른 대원을 불렀다.

그는 전황에 지대한 영향을 끼칠 수 있는 임무를 맡고 있었다.

"무쓰히토, 무쓰히토. 보고 바람."

—…….

바로 응답이 없어서 불안을 안고 종현이 한번 더 호출했다.

"무쓰히토."

—무쓰히토 임무 성공!

"……!"

—셔틀선을 타고 브라보 포인트로 이동 중! 사상자 무!

"작전 성공이군!"

—흑룡회 회장만 처리하면 끝입니다! 분대장님!

부분대장인 '탁현'의 목소리가 무전망에서 울려 퍼졌다.

그가 지휘하는 대원들이 궁전으로 침투해서 일왕을 납치했다.

그리고 셔틀선을 타고 종현이 있는 곳으로 오고 있었다.

남은 흉적은 흑룡회 회장인 우치다밖에 없었다.

시간에 맞춰서 그 또한 이토와 이노우에가 지났던 길을 따랐다.

쾅! 하는 소리와 함께 남쪽에서 불길이 치솟았다.

그것을 보면서 대원들이 주먹을 불끈 쥐었다.

272

동시에 그들의 머리 위로 셔틀선이 도착했다.

스텔스 모드 상태로 선체를 은폐시킨 셔틀선에 신속히 탑승했다.

곧 두건을 쓰고 몸이 묶인 상태로 바둥거리고 있는 사람을 보게 됐다.

망토를 벗은 종현이 탁현에게 물었다.

"이놈이야?"

"예. 분대장님."

"한시간 뒤에 조선에 도착한 것을 알게 되면 게거품을 물겠군."

"이런 일을 생각해본 적이 없을 겁니다."

"알면 우리가 죽었지. 빨리 승현이나 데리러 가자고."

"예. 분대장님."

챠리 포인트라는 집결지에 유탄수인 이승현을 비롯한 대원들이 기다리고 있었다.

그리고 이노우에를 척살한 대원들을 다시 태우고 하늘길을 통해 조선으로 돌아가 은밀한 작전을 완수했다.

다음 날, 일본 전역이 발칵 뒤집어 졌다.

전임 총리였던 이토와 전임 외무대신이었던 이노우에가 암살당했다.

그것도 모자라 흑룡회 회장인 우치다가 폭사했고 흑룡회에 속한 회원들도 간밤에 모두 암살당했다.

아침이 되기 전에 새벽에 폭음으로 인해서 잠에서 깬 야마가타가 급히 사람들을 모았고 태정관으로 향했다.

근위대로 태정관 주위를 단단히 지키는 가운데 내무대신인 사이고 주도로부터 보고 받았다.

충격적인 보고를 듣고 사이고에게 되물었다.

"뭐라고… 하였소…? 이토가 죽었다고……?"

"그렇소……."

"누가 우리 동지를 죽였소?"

"정확히는 모르지만 이토 부인의 말로는 유령 같은 자들이라 하였소… 유령 같은 자들이 총성이 나지 않는 총을 들고……."

"개같은 조선인 놈들!"

"이토 공뿐만이 아니라 이노우에 공의 집에도 유령 같은 자들이 나타났다고 하오… 결국 이노우에 공도 암살당했고… 흑룡회장은 폭탄이 터지는 바람에 하반신만 수습되었소… 조선군의 소행이라면 이는 실로 무서운 일이오… 놈들은 얼마든지 우릴 죽일 수 있소."

"큭!"

현양사 때와 마찬가지로 흑룡회 또한 속수무책으로 당했다.

그리고 이번에는 일본 정계의 중심이라 할 수 있는 이토 히로부미와 이노우에 카오루가 처참하게 죽었다.

조선의 선전포고가 이뤄졌을 때 그저 함포를 쏘고 대포와 기관총이 난사되는 것만 떠올렸다.

그러나 조선의 첫 공격은 일본 수뇌에 대한 암살과 저격이었다.

전시 도중에 일어나는 일이었기에 외국을 상대로 여론전을 벌일 수도 없었다.

함께 흑룡회 창립에 관여했던 사이온지가 자신이 아직 죽지 않고 살아 있다는 사실에 간담이 서늘해졌다.

그때 한 사람이 머릿속에서 떠올랐다.

"이런!"

"……?"

사이온지가 벌떡 일어나자 주위 대신들의 이목이 집중됐다.

"무슨 일이오?"

"잊고 있었던 분이 계시오!"

"누굴 말이오?"

"폐하 말이오! 폐하께선 무사하시오?!"

"……?!"

그 순간, 태정관 회의실로 궁내성 대신인 '타나카 미츠아키'가 뛰어 들어왔다.

그리고 다급한 목소리로 야마가타를 불렀다.

"총리대신!"

"무슨 일이오?!"

"천황 폐하께서 사라지셨소! 폐하의 침소 창문이 열려 있고 침소를 지키는 근위병들이 저격 받고 죽어 있소!"

"……?!"

"조…조선군이… 폐하를 납치한 것 같소!"

비보에 몇몇 대신들이 놀라 자리에서 벌떡 일어났다.

망치로 뒤통수를 얻어맞은 것 같은 느낌이었다.

몇 분 동안 시간이 흘러가는 것조차 모른 채 멍한 모습을 보이며 어쩔 줄 몰랐다.

그리고 현실을 인식했다.

"폐하께서 행방불명된 것을 절대 신민들에게 알리지 마시오!"

"아…알겠소!"

"어떻게 이런 만행을……!"

누구도 예상하지 못했다.

전쟁 도중에, 그것도 선전포고가 이뤄진지 사흘도 되지 않아서 군주를 납치한다는 것은 있을 수 없는 일이었다.

그것은 패전을 상징하는 것이었고 야마가타와 대신들에 겐 불명예 중의 불명예였다.

절대 일본 국민들에게 알려져선 안 되는 일이었다.

그렇게 되면 그날 부로 목숨을 내놓아야 했다.

납치된 무쓰히토가 어떠한 방 안에 보내져 두건이 벗겨졌다.

"여긴……?"

아침 햇살이 얼굴을 밝혔다.

눈부심에 무쓰히토가 눈살을 찌푸렸다.

그의 눈앞에 햇빛을 가리는 그림자가 있었다.

"이렇게 보기는 처음이군. 그렇지 않은가?"

무슨 말을 하는지 알아들을 수 없었다.

그러나 조선말인 것은 분명히 알 수 있었다.

무쓰히토가 혹시나 하는 생각으로 그림자에게 물었다.

"설마… 조선왕인가?"

그의 물음에 그림자 곁에 있던 사람이 작은 목소리로 대답했다.

그러자 그림자가 다가와서 자신의 얼굴을 공개했다.

그는 조선의 군주였다.

"그렇다. 내가 조선의 군왕이다. 그리고 일본왕인 너에게 단도직입적으로 요구하겠다. 과인과 과인의 백성들에게 항복하라. 그러면 너의 나라를 벌하지 않고 정조론을 주장한 썩은 살들만 도려내겠다. 대다수 일본 백성들은 안전할 것이다."

이희의 요구에 무쓰히토의 눈가가 움찔했다.

주위를 돌아보면서 자신이 있는 곳이 정말로 조선인지 확인했다.

일본에서 볼 수 없는 단청 문양이 천장 곳곳에 새겨져 있었다. 또한 조선 군복을 입은 근위대가 그와 이희가 있는 방의 문 앞을 지키고 있었다.

실로 조선이라 할 수 있었다.

어떻게 하루 만에 조선에 와있는지 알 수 없었다.

그런 기이함을 인식하게 됐을 때, 이희가 한번 더 투항권
고를 했다.

"항복하라. 그러면 일본 백성들은 안전할 것이다."

그리고 무쓰히토가 이희를 똑바로 쳐다봤다.

그는 분노로 가득한 시선으로 항복 요구를 거절했다.

"거부한다."

이희가 경고했다.

"일본 백성들이 죽을 것이다."

"그래도 싸울 것이다. 짐의 소중한 군사들과 백성들을
죽인 네놈의 만행을 기억하고 있다."

"그 전에 그놈들이 무슨 짓을 벌였는지 알고 있는가?"

"알고 있다."

"적반하장이 따로 없군."

"그래도 상관없다. 세상은 약육강식의 세상이고 강하지
않으면 먹힌다. 그 큰 청나라가 서양 열강에게 찢겨져서
먹히고 있지 않는가? 짐의 대일본제국은 절대 청나라처럼
서양의 먹이가 되지 않을 것이다. 네놈의 나라를 식민지로
삼고 살아남아 광영을 취할 것이다. 이긴 자가 정의며 우
린 정의의 편에 설 것이다."

당당하게 말하는 무쓰히토의 모습을 보고 통역관이 기가
막혔다.

그의 얼굴에 주먹을 날리고 싶어서 손에 불끈불끈 힘이
들어갔다.

그런 역관의 마음을 이희가 진정시켰다.

"전하……."

"우리가 이긴다. 그러니 쓸데없이 힘 빼지 마라."

"예……."

그리고 무쓰히토에게 다시 경고했다.

"일부 위정자뿐만이 아니라 그들로부터 존대를 받는 군주가 이러하니 일본 백성들이야 별반 다르겠는가. 이제 전투가 벌어지면 군에 속한 자들은 모조리 죽을 것이고, 조선에 작은 반감만 가져도 일본 백성들을 모조리 죽일 것이다. 네놈이 생존을 위한다는 논리로 불의한 만행을 정당화시켰으니, 과인 또한 백성들을 지키고 조선의 생존을 위해서 마땅히 그럴 것이다. 이제 그 두눈으로 지켜보라. 네놈이 여기 올 줄 몰랐듯이 일본은 조선에 대해서 아무것도 모른다. 반드시 오판한 것에 대해서 대가를 치르게 될 것이다."

서슬 퍼런 경고에 무쓰히토가 강하게 반발했다.

"짐의 군사들이 이길 것이다! 대인본제국의 신민이 이길 것이다! 미개한 조선인은 우리 일본의 영원한 식민이 되어 비참한 노예로 살다가 죽을 것이다! 네놈이 죽기 전에 그런 일을 반드시 보게 될 것이다!"

"끌어내라!"

"놔! 크아악!"

근위병들에게 붙들린 무쓰히토가 발버둥질 했다.

그의 복부로 근위병의 주먹이 날아들었다.

강한 충격에 고통을 느끼며 하마터면 무릎을 꿇을 뻔했다.

그리고 다시 고래고래 소리를 질렀다.

무쓰히토가 끌려 나가자 이어 김인석과 장성호가 안으로 들어왔다.

이희가 고개를 흔들면서 항복을 얻지 못한 사실을 알렸다.

"놈이 항복하지 않았다."

그 말을 듣고 장성호가 예상했다는 듯이 말했다.

"그럴 것 같았습니다. 솔직히 일본의 정치인들이 벌이는 정책이라는 것도 일왕의 묵인이 없지 않는 한 있을 수 없습니다. 묵인은 곧 찬성과 다를 바 없습니다."

"우리가 거짓으로 일왕이 항복했다 알린다면 일본군이 항복하겠는가?"

"항복하지 않을 겁니다."

"우리의 의도를 의심해서?"

"예. 때문에 지금 상황에서는 철저하게 짓이기고 깨버릴 수밖에 없습니다. 적이 굴복하고 나서야 현실을 받아들이게 될 겁니다. 이제 교전은 피할 수 없습니다. 전하."

장성호의 대답을 듣고 이희가 고개를 끄덕였다.

그리고 김인석에게 외국 공사관의 분위기를 물었다.

"영길리와 아라사, 불란서, 미리견 등의 반응은 어떠한

280

가?"

김인석이 외부를 통해 파악한 정보를 이희에게 알려줬다.

"영길리는 관망할 가능성이 큽니다."

"동맹인데도 말인가?"

"예. 영길리와 맺은 동맹은 온전히 아라사를 견제하기 위함입니다. 아라사가 우리가 공개한 증거 때문에 일본과 힘을 합치기를 부담스러워하고 다른 나라의 눈치를 보고 있는 상태에서 결국 이번 전쟁을 관망할 겁니다. 그렇지 않았다면 이미 우릴 상대로 선전포고 했을 것입니다. 아라사가 움직이지 않기에 영길리도 움직이지 않을 겁니다."

"대신 승리한 쪽의 편을 들겠지."

"전세가 우리에게 유리하면 늦게라도 지원해서 생색낼 겁니다. 그에 대한 부분도 대비하셔야 됩니다. 이는 불란서나 독일 등도 마찬가지입니다. 미국 공사인 알렌은 개인적으로 일본의 위협을 받았었기에 우리 편이 될 수 있고 조선에 미국 회사의 자산이 있어서 어느 정도 도와줄 수 있습니다. 예를 들어 군수품 지원을 해줄 수도 있습니다."

"과인이 생각하기엔 지원이 아니라 판매이겠지. 하지만 유과장의 회사를 통해서 판매할 테니 그리 밑지는 일은 아닐 것이다. 결국엔 일본과 일대일로 맞붙게 되는

군.”

“오히려 그 점이 깔끔할 수 있습니다. 삼국이 관여한 국제 전쟁이 되면 종전 과정도 복잡해집니다. 저는 이 점을 다행스럽게 생각합니다.”

“우리 함대가 일본 해군 함대를 상대로 이기면 일왕이 우리에게 붙들린 사실을 알리도록 하라. 놈들의 기가 꺾였을 때 한번 더 꺾을 것이다.”

“예. 전하.”

“동해와 남해에서 적 함대를 수장시켜라.”

“예!”

생존을 위해 한 치도 양보할 수 없는 결전을 치러야 했다.

임진년에서부터 이어져온 악연을 끊고자 했다.

극일을 상징하는 여수 해군본부에서 전함 8척과 순양함 12척이 이원회의 지휘를 받으면서 출항했다.

주력함을 보조하는 어뢰정들이 기동함대를 보조했고 남해의 거친 바다를 달리면서 대마도 부근 해역으로 향했다.

그리고 그곳에서 조일 양국의 해군 함대가 전력으로 충돌했다.

단군함의 견시수가 적 함대를 발견하고 크게 외쳤다.

“방위! 1—1—4! 거리 30킬로미터! 적 함대 발견!”

“적의 연합 함대입니다! 제독!”

단군함에 함께 승선하고 있는 1전단장인 이동휘가 크게 외쳤다.

망원경을 들고 직접 이원회가 일본 해군 함대를 살폈다.

그중 가장 큰 적함을 살폈다.

"아사마로군… 전 함대! 횡렬 장사진으로 성진하라!"

"횡렬 장사진! 횡렬 장사진으로 성진하라!"

함교 장교들이 크게 외쳤다.

이태성으로부터 지시를 받은 신호병들이 수기를 들고 흔들었다.

그리고 명령을 받은 다른 전함과 순양함들이 흩어져서 함수를 적에게 맞추었다.

곧 횡렬로 늘어서서 달려가기 시작했다.

그리고 어뢰정들이 앞으로 나섰다.

조선군 함대의 진형 변화를 일본 연합 함대 사령장관이 확인했다.

"적 함대가 대형을 바꿨다. 우리도 적의 대형에 맞춰서 대형을 바꾼다. 횡렬 대형으로 전환하라."

"예! 사령장관!"

"적의 훈련도가 부족할 것이니 필시 먼저 포격할 것이다. 우리는 부정확한 포격을 피해 적에게 가까이 가서 치명타를 날릴 것이다. 이를 전 함대 장병들에게 전하라."

일본 연합함대를 지휘하는 자는 청나라와의 전쟁에도 참
전했던 인물이었다.

실전 경험이 풍부했고 장병들에게 존경을 받음과 동시에
무엇보다 조선을 누구보다 잘 아는 사람이었다.

충무공에 관해서 쓰인 전기를 전장에 향할 때마다 소지
하고 그처럼 생각하는 인물이었다.

'토고 헤이하치로'가 일본 해군 전체를 이끌고 있었다.

야마모토가 정무적인 일을 담당한다면 그는 현장에서 함
대를 지휘하는 자였다.

그를 중심으로 일본 해군이 강하게 뭉쳐 있었다.

"대형을 변화시킨다! 횡렬 대형으로!"

"조선 놈들의 기세에 눌리지 마라!"

사기를 드높이며 서로를 향해서 달려갔다.

죽기 아니면 까무러치기라는 생각으로 함포 사정거리 안
으로 서로를 집어넣으려고 했다.

그 순간이었다.

쾅!

"……?!"

콰쾅!

펑!

"뭐…뭐야……?!"

최선두에 있던 함정이 불꽃을 일으켰다.

선봉을 맡았던 방호순양함 '마츠시마'가 쪼개지고 침몰하고 있었다.

그리고 곁의 '나니와'에서도 폭음이 일어나면서 침몰하기 시작했다.

일본 수병들이 얼어붙은 가운데 망원경을 든 장교들이 조선군 함대를 관측하기 시작했다.

어떤 함정도 포격을 가하지 않았다.

포연이 보이지 않았다.

때문에 두 척이 어째서 침몰했는지 알 수 없었다.

그때 또 한 척이 눈앞에서 침몰했다.

콰쾅!

"이즈모입니다! 장갑순양함인 이즈모가 침몰하고 있습니다!"

"뭐라고……?!"

배수량만 9200톤에 달하는 큰 순양함이었다.

그런 순양함이 함수를 부러뜨리고 침몰하기 시작했다.

일본 해군 장병들은 자신들이 알지 못하는 무언가가 있다는 것을 알게 됐다.

수면 아래에 침묵의 암살자가 도사리고 있었다.

물 위로 올린 파이프 같은 잠망경으로 가장 가까이에서 일본군을 살피는 조선군 장병들이 있었다.

마치 고래 같은 생김새를 지닌 함정이었다.

크기는 판옥선만큼이나 작았지만 그 위력은 수백배에 달

하는 전함보다도 강력했다.

허윤이 잠망경으로 다음 표적을 살폈다.

"함수 방향, 1—1—9"

"침로 수정! 1—1—9!"

"어뢰 발사 준비!"

"어뢰 발사 준비!"

"발사!"

해저의 목소리를 엿듣는 자는 아무도 없었다.

자유롭게 말하면서 잠수정에 승함한 허윤이 명령을 내렸다.

그러자 장병들이 따라 크게 외쳤고 함수에 위치해 있던 수병이 어뢰 발사관을 작동시켰다.

해저를 누비는 잠수정 밖에서 어뢰가 일으키는 스크류의 소음이 들렸다가 사라졌다.

그리고 허윤은 계속해서 표적을 주시했다.

일본군 함정들 중에 가장 큰 함정이 그의 표적이었다.

아사마의 함수에서 불꽃이 튀었다.

"명중이다! 뱃머리 돌려! 본 함대로 돌아간다!"

"이야아앗!"

"4발 밖에 없는 게 정말 아쉽구만!"

승리를 확신하는 함성이 울려 퍼졌다.

조선군의 일격에 열도가 침몰하고 있었다.

동아시아에서 최강이라 여겨지던 무적 해군이 무너지고

있었다.

구역사가 쓰러지고 새로 쓰이는 역사의 한 가운데에 조선이 있었다.

새로운 열강이 탄생하고 있었다.

〈다음 권에 계속〉

어울림 B O O K S
신인 작가 대모집!

어울림 출판사는 무한한 상상력과 뜨거운 열정을 가진 작가 여러분을 기다리고 있습니다.
창작에 대한 열의가 위대한 작품으로 꽃피울 수 있도록 저희 어울림 출판사가 여러분의 힘이 돼 드리겠습니다.

지금 도전하십시오!

모집 분야 : 판타지, 역사, 무협, 로맨스 등
모집 대상 : 아마추어, 인터넷 작가등 열정을 가진 모든 작가
모집 기한 : 수시 모집
작품 접수 방법 : 당사 네이버 카페 또는 이메일을 이용해 주십시오.

파일 형식은 제한이 없으나 원활한 원고 검토를 위해 '.HWP' 형식으로 보내주시고, 파일에 연락처도 함께 기재해주시면 됩니다.

채택된 작품은 정식 계약을 통해 출판물로 간행됩니다.
간행된 출판물은 당사의 유통망을 이용하여 전국 서점으로 배포됩니다.
※ 문의 사항은 **네이버 카페**(http://cafe.naver.com/oulim0120)를 이용하시기 바랍니다.

경기도 고양시 일산동구 장항동 731 동하넥서스빌딩 307호
어울림 출판사 신인 작가 담당자 앞
전화 031) 919-0122 / **E-mail** 5ullim@daum.net